REALITY

Regina Faerber

Der weite Horizont

Regina Faerber

Regina Faerber, Jahrgang 1960, verließ mit 17 das Gymnasium. Von der Hochbegabtenförderung wurde sie in die Staatliche Hochschule für Musik und darstellende Kunst in Stuttgart aufgenommen und schloss das Studium mit der Bühnenreife ab. Bis 1985 war sie am Stadttheater Baden-Baden als Charakterdarstellerin und Regieassistentin engagiert. Außerdem arbeitete sie als Moderatorin beim SDR und schrieb Theaterstücke. Heute schreibt sie, außer Theaterstücken, Sachbücher und Jugendbücher.
Mit ihrem ersten Titel für Jugendliche »Der weite Horizont« errang sie den 2. Platz des Hans-im-Glück-Preises.

Der weite Horizont

RAVENSBURGER BUCHVERLAG

Illustrationen von Caroline Krämer

Lizenzausgabe
als Ravensburger Taschenbuch
Band 8111,
erschienen 1999

Die Originalausgabe erschien 1992
bei Verlag Cornelia Riedel GmbH,
Bad Homburg

Umschlagillustration: Ludvik Glazer-Naudé

RTB–Reihenkonzeption:
Heinrich Paravicini, Jens Schmidt

Printed in Germany

**Die Schreibweise entspricht den Regeln
der neuen Rechtschreibung.**

5 4 3 2 1   03 02 01 00 99

ISBN 3-473-58111-9

Für 3 Weg depa (1)

REALITY

Für
Kirsten

Ich muss euch das jetzt einfach erzählen, diese ganze Geschichte. Wie das alles war. Und dass es nicht leicht war. Am liebsten würde ich jedem, der mit uns hier im Garten nachmittags Tee trinkt oder abends auch schon mal ein Glas Wein, erzählen und erzählen, wie alles gewesen ist. Ganz ausführlich. Und dass es mir gut geht. So gut, dass ich den ganzen Tag singen oder lachen könnte. Laura sagt, das legt sich schon noch mit den Jahren.

Laura hat zurzeit sehr viel zu tun, wir müssen doch das Haus bezahlen; das heißt, zunächst zahlt erst einmal Laura. Ich kann euch sagen, obwohl es eigentlich eher ein Häuschen ist und wir versuchen, das meiste, so handwerklichen Kram, selbst zu machen, haut so ein Kauf von den ersten wirklich eigenen vier Wänden ganz gewaltig rein. Man kauft ja auch den Grund und Boden mit und hat nichts wie Ärger mit allen möglichen Behörden, die dann auch noch die Hand aufhalten ... Es ist schon eine sture Welt, in der wir leben, manchmal denk ich, die sind alle nichts als neidisch auf uns.

Eigentlich ist mir was Eigenes nicht so wichtig, aber Laura hat immer gesagt, dass der Mensch ein Zuhause braucht, aus dem er nicht mehr vertrieben werden kann. Dass *wir* ganz besonders so ein Zuhause brauchen. Wir zwei. Dann können uns keine Mitmieter mehr komisch anschauen, so schräg von der Seite und ganz heimlich empört, und wir haben unsere Ruhe.

Ich helfe natürlich schon mit beim Geldverdienen, jobbe manchmal im Café, aber da ist ja noch die Schule, und ich muss wirklich irre viel lernen, damit ich das Abi einmal schaffe. Und dann wird das alles anders; dann werde ich einen Beruf haben – er muss etwas mit Sternen zu tun haben. Schön ist an der Schule nur, dass ich nicht den ganzen Tag weg bin. Laura ist immer zu Hause, zeichnet und zeichnet in ihrem Atelier für irgend so eine blöde Werbefirma, manchmal bis tief in die Nacht. Dann kommt sie ziemlich müde in unser Bett und weckt mich noch einmal auf, ganz lieb. Wir schmusen dann ein bisschen und streicheln uns, und dann schlafen wir ein.

Gestern war Sonntag. Das Wetter ist jetzt gerade noch schön, die letzten warmen Tage, Altweibersommer sagt man dazu. Wie doof das klingt: Altweibersommer. Warum eigentlich nicht Altmännersommer, das würde bestimmt keiner sagen, dabei wäre es nur gerecht. Egal. Jedenfalls war es gestern noch so ein schöner, warmer Tag. Wenn erst mal der November anfängt, dann regnet's vielleicht unentwegt, und wir können gar nicht mehr hinausfahren und lange am See spazieren gehen, oder im Wald. Können wir schon, aber es ist dann halt nicht so schön. Laura sagt immer, dass wir bestimmen, was ein schöner Tag ist. Aber ich denke, da hat der liebe Gott schon auch noch ein Wörtchen mitzureden.

Ich komme wieder vom Hundertsten ins Tausendste! In meinen Aufsätzen ist das manchmal auch so. Meine Mutter war immer ganz entsetzt, wenn ich wieder einen Aufsatz nach Hause brachte, unter dem »Ausschweifend, Charlotte!« stand. Schließlich war ihr Vater ja Hobbydichter und für immer dasselbe Thema, die Lüneburger Heide, bekannt. Immer dasselbe, ehrlich.

Meine Mutter. Gestern, das wollte ich sagen, sind wir also kurz bei ihr vorbeigefahren, bei ihr und meinem Vater. Wir haben einen kleinen Sonntagsbesuch gemacht. Mein Vater ist jetzt immer so höflich, als ob er mich gar nicht kennt oder ich eine Mandantin von ihm wäre. Meine Mutter hat sich gefreut und Laura erzählt, dass ich mir, als ich als Kind die Wochentage lernen sollte, als ersten Tag den Sonntag merken konnte.

»Das war doch schon mal sehr gescheit!«, hat Laura ausgerufen, und ihre Lachfältchen sind in alle Richtungen von ihren Augen weggeschossen – so ist das immer, wenn sie lacht; das lieb ich sehr an ihr.

Mein Vater hat ein bisschen gelächelt und verlegen mit der Kuchengabel in seiner Papierserviette herumgeritzt. Als wir dann draußen waren, waren wir ziemlich froh, obwohl es keinen Krach oder so was gegeben hatte. Ein bisschen komisch ist alles eben immer noch, trotz allem, und manchmal denke ich, dass meine Eltern von mir enttäuscht sind oder glauben, ich änderte mich schon noch, und eines Tages käme er, der »Richtige«.

Wir sind da also mit einem Ausatmen raus, wieder mal, und in unsere alte, klapprige Ente gestiegen. Die Ente ist toll, ganz grün – genau genommen gehört sie Laura. Aber sie sagt zu allem immer »unser« oder »unseres«, sie sagt nie »meines« oder »mir gehört«.

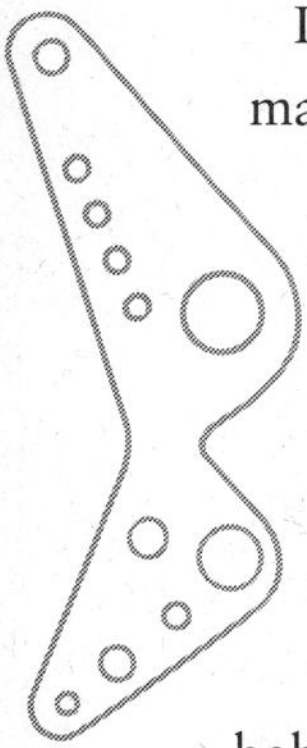

Im Dezember werde ich siebzehn; mit siebzehn kann man anfangen, den Führerschein zu machen, in einem Jahr fahre ich dann selbst mit dem Ungetüm herum. Ich will nicht mehr Bus fahren, das macht mich irgendwie rappelig. Ich will selbst lenken und bestimmen, wohin die Fahrt geht.

Wo bin ich jetzt schon wieder? Ach, ich will euch eben alles auf einmal erzählen!

Wir fuhren also gestern los mit unserer Ente und haben sie in der Nähe vom See geparkt und gingen noch spazieren, bis es dunkel wurde. Als wir zum Parkplatz zurückkamen, war der Wald, der um den See steht, ganz schwarz wie ein großes Geheimnis. Wir haben abends oder nachts im Wald keine Angst, wenn wir so gehen. Uns tut keiner was. Und wenn, der soll nur kommen. Unterwegs haben wir übrigens ziemlich wenig gesprochen. Ich musste an meinen Vater denken, wie er da auf der Serviette herumgekramt hat vor lauter ... Aber irgendwie war es auf einmal nicht mehr wichtig. Unsere Hände, Lauras und meine, lagen fest ineinander und waren ganz warm – und das obwohl Laura immer so schnell friert. Wir gingen nicht langsam und nicht schnell. Da war ein stilles Verstehen zwischen uns, auch wie wir uns am Kaffeetisch bei meinen Eltern manchmal ansahen, das verstehen auf der ganzen Welt nur sie und ich.

Im Auto dann habe ich Laura gefragt, ob sie eigentlich glaube, dass es vielen so gehe wie uns. Das wisse sie nicht, hat sie geantwortet, aber ganz sicher nicht nur so wenigen, wie bekannt sei. Die meisten sagten nur nichts, weil sie immer noch Angst hätten. Und wie ich diese Antwort höre, da hab ich im Stillen beschlossen: Das alles, was ich erlebt habe, mal aufzuschreiben, damit auch andere erfahren, wie so eine Liebe ist, und damit die, denen es ähnlich geht, sich nicht länger verstecken, denn das wäre das Schlimmste.

Laura sage ich nichts von meinem Plan, alles aufzuschreiben; der ist mein Geheimnis, und ich will ihn ganz alleine durchführen. Wenn ich im Garten sitze, so wie jetzt, oder in meinem Zimmer, dann weiß sie ja nicht, was ich schreibe; es kann ja auch für die Schule sein. Wenn sie mich fragt, sag ich die Wahrheit, denn anlügen will ich sie nicht, nie, aber sie fragt sowieso nicht. Sie weiß, dass jeder so seine Geheimnisse braucht und in diesen Dingen, Tagebücher, Briefe und so, da trennt sie unsere Sachen schon und mischt sich nie in etwas ein. Schließlich sind wir zwei Menschen und nicht zwei Hälften von einem.

Im Haus ist furchtbar viel zu tun. Wir sind doch erst vor vier Wochen hier eingezogen! Sieben volle Tage lang haben wir gestrichen und geputzt, und dann sind wir samstags auf den Flohmarkt gegangen und haben ausgiebig gebummelt und geschaut, was wir noch gebrauchen können. Laura hat einen richtigen Haushalt gehabt; die ist ja schon fast fünfunddreißig und hat schon mal mit einer zusammengelebt – darüber rede ich aber nicht gern, und es ist jetzt auch nicht wichtig.

Ich hab so gut wie nichts gehabt, das könnt ihr euch denken. Und immer Lauras Sachen benutzen, das wollte ich nicht. So nach und nach fing ich also an mit dem Besitzen, wirklich selbst Bezahltes! Zum Beispiel hab ich jetzt meine eigene Tasse, und nur ich darf aus ihr trinken. Laura ist immer ganz vorsichtig damit, wenn sie abspült, das ist nämlich ganz altes Porzellan mit Blumen darauf und einem Goldrand. Ich find's eben schön so. Einen neuen Schreibtisch habe ich auch, das heißt, eigentlich ist er uralt, und ich muss ihn noch ablaugen und anstreichen, aber wunderbar trödelig und schnörkelig ist der, und meiner ist er auch. Laura sagt immer, ich hätte einen Schnörkeltick, sie selbst mag mehr so klare Formen, klare Linien. Den Schreibtisch aus meinem »Kinderzimmer« will ich nicht mehr, den hab ich beim Auszug einfach bei meinen Eltern stehen lassen. Meinen Vater hat das beruhigt. Im Grunde hab ich nur Kleider und Bücher mitgenommen, die Möbel nicht. Die haben sie mir gekauft, weil man als junges Mädchen so komische Schleiflackdinger zu haben hat. Groß gefragt wurde ich da nicht; mein Vater hat nur gesagt, dass das alles »weiß Gott nicht billig war«. Ich hab diese Monsterdinger stehen lassen. Sollen meine Eltern doch denken, ich käme zurück; mir ist das egal. Eigentlich ist es mir nicht egal, wenn ich ehrlich bin, denn Eltern, die ... Aber dieses »Kindsein«, immer noch, das geht mir so auf die Nerven! Als wüsste ich nicht, was ich tue! Bevor ich mich schon wieder darüber aufrege, mach ich lieber eine Pause; ich schreibe später weiter. Da will ich die ganze Geschichte mal von vorne anfangen. – Bis später also oder bis morgen.

Ich muss mit Hans beginnen. Hans war der süßeste Junge in der ganzen Stadt, am Anfang. Er hatte eine ganz eigene Art zu schauen, das heißt, die hat er sicher noch, aber wir sind uns schon lange nicht mehr über den Weg gelaufen. Hans, das müsst ihr euch mal vorstellen, ist jetzt böse auf mich, aber nur hintenrum, nach außen tut er so, als ob er alles versteht und akzeptiert. Ich hab ihn trotzdem noch lieb, wenn auch auf eine andere Art als früher. Manchmal bin ich traurig, wenn ich an ihn denke. Hans also: Er war einundzwanzig, als er mich fragte, ob ich mit ihm gehen will. Ich war gerade fünfzehn; er fing schon an zu studieren, Mathe und Sport. Ich war mächtig stolz auf ihn. Auch weil er so toll aussah. Seine Augenbrauen, die werde ich nie vergessen, so was Eigenwilliges, Spezielles! Hans könnte gut in so einem Carmenfilm mitspielen, so einem spanischen. Nichts passt weniger zu ihm als der Name Hans. Auf mich war er genauso stolz wie ich auf ihn. Seine Freunde, alles Studenten, haben immer ganz komisch geschaut, wenn ich einmal mit ausgehen durfte, abends, natürlich nicht so lange, aber bis zehn schon oder so. Irgendwie fanden die es gut, dass ich so jung war. Wahrscheinlich haben die sich von Anfang an gedacht, dass wir miteinander schlafen oder sich sogar Vorstellungen davon gemacht. Vielleicht hat Hans es auch einfach behauptet. Es war aber nicht so. Ich habe ein halbes Jahr gebraucht, nur mit Händchenhalten und Küssen und Streicheln, bis ich das Gefühl hatte: Hans ist der Richtige ...

Es war bei ihm, in seinem Zimmer. Da standen ganz viele Bücher herum, überall, und ein Gummibaum war da, ganz verstaubt, so ein Studentenzimmer unter dem Dach eben. Wir lagen angezogen auf dem Bett – eigentlich war's mehr so ein Kissenlager mit einer Matratze drunter; das gefiel mir – und wir haben geschmust. An diesem Tag im Mai, da hab ich wirklich gedacht, dass ich immer mit Hans zusammenbleiben will – sonst hätte ich es nicht getan, mit ihm geschlafen. Angst hatte ich keine, nur eine Neugier war in mir und so ein Ziehen im Bauch. Ich hab es wirklich gewollt. Mir war egal, was die anderen in der Schule darüber sagten, ob sie nun schon einen Freund hatten oder nicht; ich hab gewartet, bis es für mich okay war. Es wurde dann auch sehr schön, hat erst ziemlich wehgetan, dann aber war es schön. Ich hätte »Ja« gesagt, wenn Hans mich an diesem Nachmittag gefragt hätte, ob ich ihn heiraten will. Nicht wegen der Heirat oder dem Formkram, sondern wegen der Endgültigkeit, die so ein Versprechen hat. Außerdem hätte ich gerne »mein Mann« gesagt, das finde ich toll, wenn Frauen das sagen. Um das »mein« geht es, nicht um den »Mann«. Er hat mich aber nichts gefragt, der Hans. Nur hinterher, als wir dann ganz eng zusammenlagen – auf der

Decke war ein bisschen Blut, und mir tat's jetzt doch noch ganz ordentlich weh im Bauch –, da hat er gesagt, dass er eigentlich eine andere hätte, zumindest gehabt hätte, bis jetzt, dass er mit der aber sofort Schluss machen wolle. Das hat er dann auch wirklich getan, später, aber für mich war in diesem Moment etwas zerstört. Ich war in den Wochen vorher also nicht die Einzige ... Hans hatte nicht auf mich gewartet; das fand ich schlimm. Ich habe aber nichts gesagt, damals. Was auch? Und schließlich: Er hat mit der anderen ja auch Schluss gemacht.

Die Zeit danach war schön. Hans und ich wurden ein richtiges Liebespaar, heimlich natürlich, das hat er mir eingeschärft; ich war ja erst fünfzehn, und mein Vater ist Rechtsanwalt, davor hatte er Angst, glaube ich. Meine Eltern wussten schon, dass es einen Hans gibt, aber mehr nicht. Mehr hielten die wohl gar nicht für möglich, wo doch mein Vater der erste Mann im Leben meiner Mutter war und der einzige versteht sich, und sie einundzwanzig war, als er um ihre Hand anhielt bei meinem Großvater, dem alten Naziknochen. Hans und ich haben uns also heimlich geliebt, immer so am späten Nachmittag, da konnte ich sagen, dass ich nach dem Jobben im Café noch bei einer Freundin war oder so was. Meine Mutter hat mich manchmal ziemlich komisch angesehen, aber gesagt hat sie nichts. Mein Vater kommt sowieso immer erst gegen neun Uhr abends nach Hause, und dann interessiert ihn gar nichts mehr, außer dem Fernsehen. Er sagt, er hört so viele Schicksale in seiner Kanzlei, dass er zu Hause kein Wort mehr von irgendwas hören will. Wenn er mich zufällig sah, weil ich gerade zurückkam, hat er immer nur genickt. Warum hätte ich damals also etwas erzählen sollen?

Meinem Bruder, Johannes, ging es genauso. Der ist drei Jahre älter als ich und hatte längst schon seine Katrin, mit der hat er auch geschlafen, das hat er mir einmal im Garten erzählt, als meine Mutter uns Aprikosenkompott hinausgestellt hatte und weggegangen ist. Abends, meine Mutter stand in der Küche, kam mein Vater von der Jagd zurück, weil es Samstag war. Samstags geht mein Vater immer auf die Jagd oder er trifft sich mit »seinen Jägern«; das ist sein einziges Hobby. Manchmal kommt er mit einem toten Tier zurück, dem er den Schädel ausweidet, da könnte ich kotzen bei dieser Vorstellung, dann wäscht er mit einer Lauge den Schädelknochen oder die Hirnschale oder wie das heißt in der Garage ganz aus und verstaut seine bleiche Trophäe in einem Karton, den wir im Sommer oder irgendwann mit in unser Ferienhaus im Allgäu nehmen. Dort hängen die Leichen dann an der Wand. Vater sagt, er hilft dem Wald damit.

An diesem Samstag also kam er wieder von der Jagd und sagte zu Jo, meinem Bruder, er müsse jetzt mit ihm unter Freunden reden, und es sei ganz praktisch, wenn ich dabei wäre. Falls Jo einmal mit einer seiner »jungen Damen aus der Tanzstundenzeit oder der Schule näher bekannt« würde, dann sei das seine »Privatsache«. Nur wäre dann wichtig, dass Jo klar wäre, wie »unangenehm« eine »mögliche Schwangerschaft« sein würde. Jo solle sich deswegen »vorsehen«; schließlich sei er eine gute Partie, das wäre für manches Mädchen »nicht unattraktiv« ... So redet mein

Vater, so redet er immer, und über Liebe redet er eben genauso. Da habe ich gedacht: Du kannst mich mal, mit dir rede ich nie über Hans und mit Mama, deiner treuen Dienerin, auch nicht. Ich hab sie lieb, meine Eltern, auch heut noch, das ist klar, aber wütend war ich schon oft auf sie, weil sie das meiste nicht richtig verstanden haben, was die Liebe anlangt. Da haben die irgendwie einen Knacks weg, also ehrlich.

Es war die Zeit, in der ich mit Hans ging. Ich fing an, mich als richtige Frau zu fühlen, hatte auf einmal ein Frau-Gefühl in meinem Körper, das ich ganz schwer nur beschreiben kann: Schön ist das, und seit es begann, ist es nicht mehr weggegangen. Vielleicht ist es ganz einfach die Liebe, die man auf der Haut trägt, von einem bestimmten Moment an. Jeder sieht es mir an, dachte ich damals, und das war blöde, weil es doch alles heimlich war. Ich musste ständig daran denken, dass mein Vater mit meiner Mutter schläft oder dass mein Vater vielleicht eine Freundin hat, mit der er es im Verborgenen tut, dass der Lehrer mit seiner Frau schläft und der Bundeskanzler mit seiner Sekretärin, oder was weiß ich. In allen sah ich auf einmal Pärchen, die sich suchten und die sich fanden, das war ganz wunderbar.

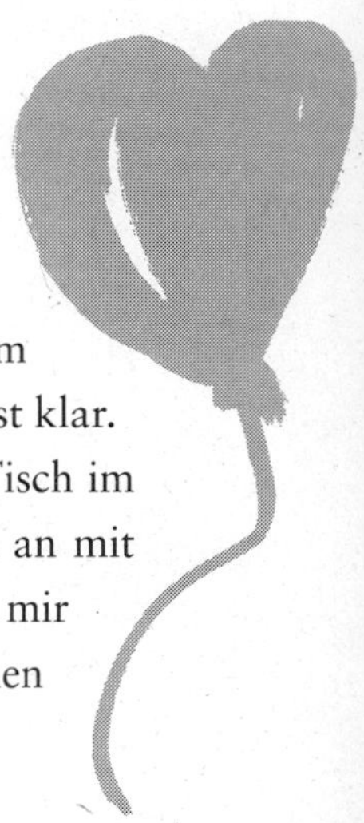

Wie schon gesagt, ich jobbte damals bereits im Café, nachmittags nach der Schule – schwarz, das ist klar. Wenn Hans ins Café kam, setzte er sich an einen Tisch im Eck, bestellte einen Cappuccino bei mir, sah mich an mit diesem Blick, der mir so durch und durch ging, und mir kribbelte es im Bauch, bis wir dann endlich gehen konnten. Ich hatte immer Präservative in der Schultasche, in einem Geheimfach. Ich weiß, das klingt blöd, aber so war es. Ich hatte 'ne gemeingefährliche Angst, schwanger zu werden. Nicht wegen der Schule und weil dann alles herausgekommen wäre, sondern weil mir das Kinderkriegen und Schwangerwerden irgendwie eklig war, immer schon. Man muss das schließlich ja nicht toll finden, oder? Ich kann das nur schwer erklären, aber ich versuch's mal: Die Vorstellung, dass in mir etwas wächst, wuchert, so ein Zellklumpen, der dann ein Kind werden würde, das ich zur Welt bringe und säuge, die ist mir eben unangenehm und unheimlich. Ich hab Kinder gern, und dass man eines, das man im Bauch hat, wenn es irgend geht auch zur Welt bringt, ist für mich sonnenklar. Ich glaub an den lieben Gott und daran, dass man kein Lebewesen töten darf. Aber ich will eben keins in mir haben. Ich hab das noch niemandem gesagt außer Laura, die hat es verstanden, und euch jetzt. Zu Hause, wo meine Eltern so gerne ein »Enkelkind« hätten, habe ich nie ein Wort darüber verloren, außer einmal kürzlich in der Küche, als meine Mutter fast unter Tränen gesagt hat, dass ich jetzt ja »nie eine Familie« haben würde. »Mama«, habe ich ganz leise und so lieb ich konnte geantwortet, »das will ich doch auch gar nicht.« Da hat sie so entsetzt ausgesehen, dass ich sie schnell in den Arm nehmen musste. Mütter können manchmal die Pest sein.

Aber zurück zu der Zeit mit Hans und der Angst, schwanger zu werden: Ich hatte also immer diese Dinger dabei. Dem Hans war die ganze Verhüterei einfach egal. Dabei wär er es gewesen, der mir ein Kind gemacht hätte und nicht umgekehrt, aber egal jetzt. Gerade mal eben hat er, nach langen Diskussionen, ob ich nicht die Pille nehmen könnte, so ein Verhüterli übergezogen – begeistert war er dabei nicht, und das hat man ihm auch angesehen. Aber mir war das immer noch lieber, als diese Chemie in mich hineinzufressen, und dann, wie soll ich das sagen, fand ich diese Nässe und diesen Geruch zwischen den Beinen danach nicht sehr ... also das mochte ich nicht, basta. Schön war es dann trotzdem, mit den Präsern, und froh war ich, dass beim ersten Mal, wo wir an überhaupt nichts dachten, nichts passiert ist. Was mir immer komisch und vom lieben Gott irgendwie ungerecht vorkam, ist, dass das Mädchen oder die Frau gar nichts davon hat, wenn der Junge, der Mann ihr ein Kind macht, außer dem Kind eben. Aber von dem Moment, da hat sie nichts, konkret, außer man fühlt eben mit, wie der andere fühlt, weil man ihn lieb hat. Irgendwie einsam ist man dabei aber doch als Mädchen, wenn man ganz ehrlich ist. Manchmal, da hat Hans mich gestreichelt, ganz schön, mit der Hand im Schoß, da war er mir sehr, sehr nah, und ich hätte dasselbe auch bei ihm machen wollen, zur gleichen Zeit, aber das mochte er nicht. Ich hatte jedenfalls immer das Gefühl, durch tausend Flüsse geschwommen zu sein, wie eine Siegerin, das war eigenartig und wunderschön, danach.

Wir haben zu der Zeit in der Klasse, also die Mädchen meine ich, über kaum etwas anderes gesprochen als über Jungs. Annelen, meine beste Freundin, die hatte sich einen Gleichaltrigen ausgeguckt, aus unserer Klasse, und sich unentwegt schön gemacht für den und gewartet, bis er sie anspricht und fragt, ob sie mit ihm gehen will. Der hat aber nie auch nur einen Mucks gemacht, und Anne hat mich richtig beneidet um meinen Hans. Und erst, als ich ihr erzählte, dass »es« passiert ist! ... Die meisten Jungs standen eben auf dem Schulhof und feixten und spielten die Gleichgültigen, und die Mädchen waren alle irgendwie – wie Annelen – verrückt. Das ist heute auch noch so, oder erst recht, aber für mich ist das alles jetzt ganz anders, und manches, was noch vor einem guten Jahr für mich absolut selbstverständlich gewesen ist, kommt mir heute total bescheuert vor.

Ich verbrachte also meine Tage mit Schule – klar wurde ich schlechter, sobald ich anfing, mit Hans zu gehen, aber gefährlich für meine Versetzung war es noch lange nicht –, mit Jobben und mit Hans. Er holte mich im Café ab, und wir gingen, zum Beispiel, ins Kino, meistens aber nur bis zur Hälfte des Filmes, damit wir noch ins Bett konnten, bevor ich nach Hause musste. Es war schon aufregend und toll, einen Freund zu haben; ich hab ihn oft in den Arm genommen, einfach so, und gesagt: »Ich hab dich lieb!« Das mochte er gern.

Eines Nachmittags hatte ich noch eine Stunde im Café zu tun, dann wollte Hans mich abholen und mit mir zum Fischmarkt gehen, der gerade in der Stadt aufgebaut worden war. Nach dem Markt sollte ich noch mit zu ihm kommen. Ich war nur kurz zu Hause gewesen, hatte meine Schultasche hingeknallt und schnell was gegessen. Meine Mutter war nicht da; sie ist zum Tennis gefahren und musste dann noch in so eine christliche Gemeinschaft, in der sie manchmal hilft, alte Leute besuchen und so. Freie Bahn also für Hans und mich! Vor dem Jobben bin ich noch in die Apotheke gegangen, hab von meinem Taschengeld das Nötigste gekauft, in meiner Packung war nur noch eins, zur Sicherheit eben, dann bin ich ins Café.

Der Laden war rappelvoll, jede Menge zu tun. Ich band meine Haare zu einem Pferdeschwanz zusammen und packte an, machte einen Espresso nach dem anderen, mischte Spezi und Cola mit Rum, brachte, was bestellt worden war an die Tische und war ständig auf Trab. Jeder kennt jeden in unserem Café, und weil es an der Hauptstraße zwischen dem Hegelgymnasium, meiner Schule also, und der Technischen Oberschule liegt, sind fast nur Schüler da.

Plötzlich, ein übervolles Tablett in der einen Hand, mit der anderen stecke ich gerade den Geldbeutel in die Potasche meiner Jeans, steht da eine Frau mit dunkelroten Haaren, nicht Henna, mehr so blaurot, und unheimlich hellen, grünen Augen – wie aus dem Erdboden gewachsen steht sie da, ein total freundliches Gesicht, etwa so um die Mitte dreißig. Ich war erstaunt, nicht nur, weil sie mir fremd war, und hab sofort den Kopf geschüttelt, wie man nur so blöd stehen kann; ich musste da doch durch mit meinem Tablett. Beinahe wär alles umgekippt!

»Kann ich Kaffee haben?«, hat sie gefragt.

»Im Stehen? Hier wo ich durchmuss? Wissen Sie was, stellen Sie sich doch einen Tisch direkt in die Eingangstüre; da ist es noch geschickter!«

Ich hab mich wirklich geärgert, bin doch sowieso zu spät dran gewesen an diesem Tag, musste noch überall kassieren, den Rest an die Tische bringen und die Theke für die Ablösung sauber machen. Hans konnte jeden Moment da sein, und der hatte es nicht gern, wenn er lange warten musste ...

»Ich habe hier in der Gegend einen Termin verpasst, weil ich ewig lang im Stau gestanden bin – so lange, dass ich schon selbst zur Blockade werde, wie mir scheint«, murmelte die Frau, und dann hat sie gelacht.

Ich hab sie angesehen und bin richtig erschrocken über dieses Lachen, so offen war es und so zart. Der knallrote Mund: Ganz weich, und um die Augen haben sich blitzschnell ein paar Falten ausgebreitet, die genauso blitzschnell wieder verschwunden sind, und in diesem Blick war etwas, das ich nie mehr vergessen kann. Laura hat mir später gesagt, dass sie sofort wusste: Es kann kein Zufall sein. Nie zuvor hatte mich ein Mensch so angesehen. Dann ist das Tablett gekippt und mit einem riesigen Geklirre und Geschepper zu Boden gerauscht, Tassen, Löffel, Gläser, alles abwärts.

»Ojemine, auch das noch!«

Die Frau hat sich sofort gebückt und mir geholfen, dabei tunkte der Zipfel ihres feinen hellbeigen Trenchcoats voll in eine pechschwarze Kaffeepfütze. Ich musste diese Frau immer noch ansehen, und ich wusste nicht, ob sie mit »auch das noch« nicht irgendwie mich meinte.

Ich hab sie dann ignoriert und weitergemacht, erst mal mit einem Scheuerlappen den Boden gewischt. War eine

ganz schöne Sauerei. Die Rothaarige hat sich an die Theke gestellt, es gab ja nirgends mehr einen freien Platz, und während ich ihr einen Kaffee zurechtmachte und mir Ursula, die Besitzerin des Cafés, noch einige Bestellungen vom Bierhahn herüberrief, musste ich an Susan denken, meine Freundin aus der Grundschule. Irgendetwas war an der Rothaarigen, das mich dazu brachte; nur wusste ich noch nicht, warum. Susan war das hübscheste Mädchen in der Klasse, ihre Bewegungen drückten alle ein großes Wohlbefinden aus, sie war nicht dick, eher zierlich, trotzdem wirkte alles an ihr rund. Ihre Augen waren groß und dunkel und ihr Haar kurz und ein wenig lockig.
Ich musste sie immerzu ansehen im Unterricht und berührte sie gern, wenn wir miteinander spielten. Am liebsten wäre ich richtig zärtlich mit ihr gewesen. Als sie in eine andere Stadt zog, habe ich geweint und noch lange an sie gedacht. Ob sie mich mochte, weiß ich nicht ... Schluss jetzt!

Ich riss mich am Riemen und stellte der Frau ihren Kaffee hin. Was hatte die mit ihren halblangen Haaren mit der süßen, kleinen Susan zu tun, so ein Blödsinn!

»Darf ich gleich kassieren?«, fragte ich knapp, ich war ja am Schlussmachen für heute. Die Rothaarige hat mich nicht angesehen, nur stumm genickt und Geld aus ihrer Hosentasche gekramt, Scheine und Münzen, und sich dann umständlich aus der flachen Hand drei Münzen herausgepickt, als wollte sie noch etwas sagen.

»Stimmt so.«

Das war alles. Ich nahm also das Geld und machte mich

wieder an die Putzarbeit. Plötzlich sah ich auf, und da stand Hans. Mir war das richtig unangenehm auf einmal, dass er mich abholte, und ich wusste gar nicht warum eigentlich. Keine Sekunde hatte ich diese Frau da vergessen, die Rothaarige. Zuerst hat sie mich verwirrt und dann wütend gemacht auf mich selber, weil ich verwirrt war.

»Gehen wir?«, hat Hans gefragt.

»Gleich, ich bin noch nicht fertig, ich muss noch ...«

»Wie lange?«

»Knappe halbe Stunde.«

Hans zog die Augenbrauen hoch. Mir war das peinlich; ich spürte ganz genau, wie mich die fremde Frau an der Theke beobachtete. Hans wurde ärgerlich, zu allem Überfluss. Er habe jetzt fest damit gerechnet, dass ich schon fertig sein würde, schließlich sei es noch ein Weg zum Fischmarkt, und wir ...

»Geh doch schon mal vor!«, sagte ich schnell und fühlte mich sehr weiblich dabei, überlegen und nachgiebig. In diesem Moment, das vergess und verzeih ich ihr nie, hat die Frau an der Theke gelacht, leise zwar, aber ich hab's gehört, und es hat mich genau dahin getroffen, wo tief in mir die Wahrheit saß.

»Okay, in einer Stunde also am Wilhelmsdenkmal, ciao, Charly.«

Damit ist Hans abgeschoben. Ich war wütend und hab schnell weitergearbeitet.

»Für was ist Charly die Abkürzung?«, hat die Frau ganz einfach gefragt, und ihre Stimme klang klar und weich und kein bisschen ironisch.

»Charlotte«, brummte ich und sah nicht auf.

»Dann nennen Sie sich doch lieber Charlotte. Charly klingt ... doof.«

Hatte diese Person schon Charly mit einer gewissen leisen Verachtung gesagt, so klang das Wort doof aus ihrem Mund wirklich vernichtend. Doooof.

»Chaplin heißt Charly.« Nein! Warum sagte ich das?!

»Niemand heißt Charly. Nur wer sich anbiedern will oder kleiner, dümmer machen will, als er ist«, sagte die Rothaarige gelassen, und in dem Blick, den sie mir zuwarf und den ich aus den Augenwinkeln doch irgendwie mitkriegte, war eine ganz sonderbare Wärme. Schnell sah ich in die entgegengesetzte Richtung. Die war mir einfach nicht geheuer, diese Wärme. Ich kassierte den Rest ab an verschiedenen Tischen und ging.

Ich sah die Frau nicht einmal an – zum Abschied. Aber irgendwie bekam ich sie nicht aus dem Kopf.

Später am Wilhelmsdenkmal habe ich Hans ganz doll umarmt, und trotzdem hat er mich ein paar Minuten danach gefragt, warum ich so gereizt sei, ob ich meine Tage bekäme. Ich habe den Kopf geschüttelt, und Hans hat mit den Schultern gezuckt. Dann fingen wir wegen einer Kleinigkeit, die ich heute nicht einmal mehr genau weiß, zu streiten an und sind viel früher als sonst auseinander gegangen.

Zu Hause dachte ich wieder an diese Begegnung mit der komischen Frau an der Theke. Irgendwas an ihr war anders. Wie sie wohl heißt, fragte ich mich. Dann war ein merkwürdiges Gefühl in mir, eine Angst und eine Hoffnung zugleich. Dann habe ich gedacht: Charlotte, du spinnst doch.

Am nächsten Tag kam sie nicht ins Café, die Rothaarige. Das war ein komisches Gefühl; denn ich dachte die ganze Zeit: Jetzt, jetzt aber kommt sie, da kommt sie! Aber sie kam nicht. Auch am nächsten und übernächsten Tag nicht. Ich hatte keine Ahnung, was das war, das mich so auf sie warten ließ – es fühlte sich an wie ein Geheimnis, dessen Lösung ich herausfinden musste.

Ein paar Tage später begann ich die fremde Frau zu vergessen. Dieses Gefühl, mit ihr irgendetwas Rätselhaftes zu tun zu haben, verschwand, und sie wurde zu einem erst farbigen und dann auf einmal ziemlich blassen Gespenst in meiner Erinnerung.

Ich lebte mein Leben mit Hans, stritt mit Jo, weil ich sein Lieblings-Sweatshirt heimlich angezogen und prompt im Kunstunterricht mit Farbe versaut hatte, ich hörte mir die Migränearien meiner Mutter an und schrieb einen Fünfer in Mathe, meinen ersten; um wieder besser zu werden, büffelte ich diesen ganzen Koordinatenkram mit Hans, der dazu aber gar keine Lust hatte und immer zu schmusen anfing; ich ließ mir einen Pony schneiden, keinen richtigen, nur so ein paar Fransen in die Stirn, damit der Pferdeschwanz besser aussah, ich aß kein Eis mehr, weil die Jeans

Größe 36 am Po knapp wurden, und war eines Tages nach dem Jobben auf der großen Hauptstraße Richtung Stadtmitte unterwegs, um an der Vorverkaufsstelle für Annelen und mich zwei Schülerkarten für »Don Giovanni« zu besorgen, Annelen hatte bald Geburtstag, und ich hatte vor, sie ganz feierlich an ihrem Ehrentag einzuladen ... Da traf ich sie. Nicht Annelen, sondern: sie. Aus der Technischen Oberschule kam sie herausgestürmt, in weißen Hosen und einem kurzen blauen Lederblouson, die roten Locken wehten nur so; so leicht und jung kam sie die wuchtige Steintreppe vom Eingangsportal herunter. Ich dachte erst, das ist sie gar nicht. Sie war's aber. Das ganze Gefühl, diese kribbelnde Neugier, war auf einmal wieder da, auch die komische Hoffnungsangst, mit der ich an sie gedacht hatte, nachts, am ersten Tag ... Ich hab sofort geradeaus gesehen, ganz stur. Sie jetzt bloß nicht anstarren, was denkt sie denn dann! Okay, sie ist mir aufgefallen, okay, sie hat mal in meinem Café einen Kaffee getrunken, aber das war's doch auch schon! Mit gesenktem Blick und klopfendem Herzen ging ich also vorbei und war ganz schön froh, dass ich die dunkelgrauen Jeans anhatte, in denen meine Kehrseite nicht aussah, als würde sie aus allen Nähten platzen, das wär wirklich peinlich gewesen, irgendwie – peinlich vor einer Frau! Bei Frauen, da denkt man doch, die haben überhaupt keine Augen im Kopf für Frauen – in der Schule zum Beispiel, da ziehen wir uns doch, wenn wir Sport haben, ohne mit der Wimper zu zucken im Umkleideraum voreinander aus, und als wir Kinder waren ...

»He! Du bist doch ... Charlotte! Warum bleibst du denn nicht stehen?«

Ich blieb stehen, sofort, und sagte ziemlich barsch: »Weil ich nicht einsehe, wieso ich das tun sollte.«

»Kennst du mich nicht mehr? Ich habe bei euch neulich da unten in diesem Schülertreff einen Kaffee getrunken!«

»Und?«, sagte ich obenhin und blinzelte in die Sonne, die mir direkt neben dem roten Haar in die Augen knallte.

»Ich heiße Laura. Das vergaß ich an diesem Tag zu sagen.«

Laura.

»Das ist so doof wie Charly mindestens ...«, sagte ich und merkte, dass es fast gehässig klang, garantiert aber trotzig. Ich fühlte mich so blöde! Hätte ich sagen sollen, dass ich an sie, an diese Laura, so oft gedacht hatte, dass ich auf sie gewartet hatte, in den ersten Tagen zumindest? Die hätte mich doch ... für plemplem erklärt! Der glänzende rote Mund lachte mich an. Schöne Zähne hat sie, diese Laura ...

»Du erinnerst dich also ganz genau!«

Du hat sie gesagt, sagt sie die ganze Zeit schon. Im Café waren wir per Sie; das weiß ich hundertprozentig.

»Ja – und?«, fragte ich wieder. Mein Gott, die muss ja denken, dass ich bescheuert bin und den Wortschatz eines Babys habe! »Studieren Sie hier? Du, meine ich!?« Ich deutete mit einer Kinnbewegung zur TO.

Das war schon besser; es klang irgendwie gewandt, und

bestimmt hätte mein Vater die Situation so gemeistert; immerhin ist er Rechtsanwalt und seine Tochter schließlich keine Hilfsschülerin!

»Mein Gott«, Laura lachte wieder ihr offenes Lachen, »warum schaust du denn so verquer? Nein, ich studiere hier nicht, ganz so jung bin ich dann doch nicht mehr, leider! Ich war bei diesem ... Scharschmidt. So heißt der Direktor dieser Bildungsanstalt da, der wollte ein neues Logo für seine Schule, und darüber haben wir gesprochen.«

»Was ist ein Logo?«, fragte ich, so bescheiden und direkt wie möglich.

»Ein Emblem. Der Mercedesstern zum Beispiel. Ein möglichst unverwechselbares Emblem für einen Hersteller von Produkten – oder für eine Institution.«

Ich starrte Laura an. Alt ist sie also. Wahrscheinlich wie Andy Warhol, so auf ewig jung gefärbt. Vielleicht hat sie Kinder – und alles, was mich an ihr so interessiert, ist, dass ich so eine Mutter, so eine verrückte, lieber hätte als ... Quatsch, die hat doch keine Kinder, dachte ich; das sieht man ihr irgendwie an. Jetzt lächelte sie. So freundlich und warm wirkte sie auf einmal, diese Laura in der Sonne, dass ich sie hätte umarmen können, und dann wäre ganz sicher bald der Krankenwagen gekommen und hätte mich mitgenommen, eingeliefert, weil ich auf offener Straße einfach wildfremde Frauen umarme, die keine verrückten Mütter sind ... Mann, war ich verwirrt!

»Gehen wir ... noch einen Kaffee trinken? Diesmal vielleicht zusammen? Hast du frei? In deinem Café?«

»Nein!«, sagte ich schnell. »Ich meine, schon! Einen

Kaffee trinken, warum auch nicht, oder? Aber besser woanders ... Ich wollte nämlich gerade in die Stadt gehen, und das ist die entgegengesetzte Richtung ...«

»Fahren wir also in die Stadt! Mein Auto steht dort drüben.«

Laura wirkte vergnügt und machte zwei Schritte an mir vorbei, als wolle sie mich zum Mitgehen animieren, wie einen jungen Hund.

»Sie ... du hattest es doch so eilig gerade, hast du nicht etwas anderes vor?«

»Nee!« Laura blieb stehen, und als ich sie erreicht hatte beugte sie ihren Kopf nah zu meinem. Da bemerkte ich erst, dass sie nur ein wenig größer ist als ich, vielleicht fünf oder zehn Zentimeter größer. Sie ist also klein, dachte ich, denn ich bin, selbst mit hohen Schuhen, nicht größer als einen Meter achtundsechzig. Laura war mir größer vorgekommen, viel größer als ich.

»Hör mal«, raunte sie mir jetzt verschwörerisch zu, »vor Herrn Scharschmidt muss man davoneilen. Er ist ein einziger Rechenschieber, und seine Augen sind ausgetrocknete Sehschlitze! Dass ich nun dich treffe, Glanzauge, Blauauge, ist die Belohnung für dieses schreckliche Gespräch.« Dann sagte sie ganz laut: »Gehen wir also, komm!« Und setzte sich wieder in Bewegung.

Glanzauge, Blauauge. Ich ging ein wenig atemlos neben ihr her. Glanzauge, Blauauge. Ich! Ich verstand gar nichts

mehr. Machte sich diese Laura über mich lustig? Sie ging zu einer grellgrünen Ente (unser Ungetüm!) und schloss sie auf. Erst die Beifahrertüre, für mich.

»Bitte.«

Ich sah diese komische Frau an, bevor ich einstieg: Ihre Augen waren ganz klar und irgendwie ernst, auch beruhigend. Ich stieg also ein, und wir fuhren los. Unterwegs – sie schien sich in der Stadt nicht so gut auszukennen, und ich lotste sie durch den dichten Straßenverkehr – hantierte Laura ziemlich schnell und geschickt mit dieser merkwürdigen Gangschaltung, die die Ente direkt neben dem Steuerrad hat und die gar nicht so leicht zu bedienen ist. Ich hatte es kurz zuvor bei einem Freund von Hans ausprobiert, der auch eine Ente hat, und bemerkte dadurch, dass Laura schon ziemlich lange Auto fahren musste. Es war eigentlich eine ganz gemütliche und irgendwie überhaupt nicht fremde Fahrerei mit ihr, und wie ich so neben Laura saß, konnte ich auf einmal ihr Parfüm riechen. Ich mochte es sehr und hätte beinahe gefragt, wie es heißt.

Wir parkten direkt vor einem Halteverbotsschild.

»Ich steuere immer auf diese Schilder zu, geradewegs. Sie kleiden das Grün meines Autos so wunderbar«, sagte Laura bissig, als wir die Türen öffneten, um auszusteigen.

Wie dein Haar zu deinen Augen passt, hätte ich beinahe gesagt, ich schwör's euch! Aber ich konnte es mir gerade noch verbeißen. Das hätte vielleicht ein Junge zu einem Mädchen gesagt, ein Betrunkener, der käme vielleicht auf so idiotische Satzanfänge, aber ich ...! Ich schwieg also. War einfach ganz still. Dann sagte ich: »Die Vorverkaufskasse macht um 18 Uhr dicht; ich müsste da jetzt erst einmal hin.«

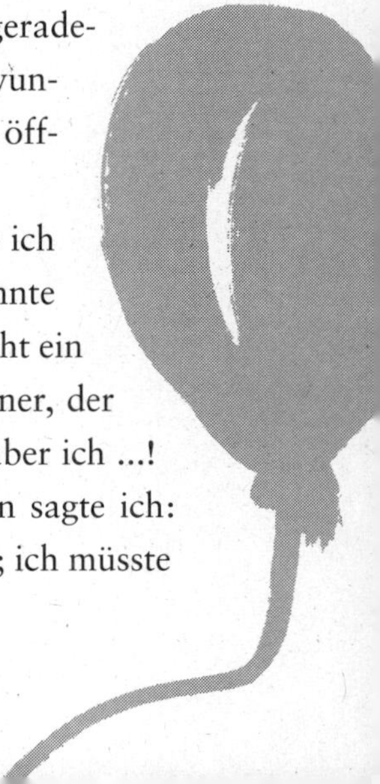

»Wofür willst du denn Karten kaufen?«

»Für Don Giovanni.«

»Darf ich mit?«

»Also weißt du, Laura, ich finde ...«

»Ja oder nein?«

Wir kauften drei Karten. Zwei für Anne und mich, eine bezahlte Laura und steckte sie ein, in ihre Jackentasche, mit einer ganz leichten, für mein Empfinden zu lässigen Bewegung. Ich dachte, die Karte, die verliert sie garantiert. Gesagt hab ich aber wieder nichts, das wäre ja noch schöner ... Die kann schließlich ihre Karten verschludern, so oft sie will, was kümmert's mich, wenn sie dann nicht hereingelassen wird zur Vorstellung ...

Dann gingen wir in ein Café. Ich sollte aussuchen in welches und wählte so eine Plüschbude, in der nur alte Frauen mit ihren Möpsen sitzen; ich wollte keinen aus meiner Klasse treffen und auch sonst niemanden. Dann saßen wir da und hatten auf einmal keine Beschäftigung mehr. Das Kartenkaufen war erledigt, wir mussten nicht mehr auf den richtigen Weg, die richtige Straßenkreuzung achten und auch nicht mehr Café oder blöde Plüschbuden ausfindig machen; wir waren da, und die zwei Tassen heiße Schokolade mit Sahne waren bestellt ... Und da saßen wir. Und plötzlich ging uns irgendwie der Atem aus für ein Gespräch. Wir mussten uns einfach nur ansehen. Und ich hoffte, dass ich nicht von einer Sekunde auf die andere krebsrot anlaufen würde im Gesicht, wie manchmal, wenn ich etwas längere Zeit für mich behalten oder mir nicht anmerken lassen will. Was Laura hoffte oder dachte, das konnte ich nicht sehen. Es war sehr seltsam. Ziemlich schnell fragte sie dann aber doch etwas. Was ich so machte und ob ich noch zur Schule ginge.

Ich sagte: »Ja, in die Neunte.«

Da ist Laura, ich hab es genau bemerkt, auf eine merkwürdige Art ganz leise erschrocken und hat sehr ruhig gefragt, wie alt ich denn sei.

»Fünfzehn.«

»Ah, ja.« Sie hat ihre Schokolade umgerührt und wurde auf einmal anders, irgendwie ernster, hat aber nichts mehr dazu gesagt.

Später erzählte sie von ihrem Beruf, dass sie Werbegrafikerin sei und Entwürfe mache für Firmen oder einzelne Kunden und auch für Verpackungen oder Briefköpfe und dass es nicht immer gerade die tollsten Menschen seien, die sie in ihrem Metier so träfe, dass vieles sehr äußerlich sei dort und dass sie oft darunter leide. Trotzdem liebe sie ihre Arbeit, auch weil sie sie zu Hause im eigenen Atelier machen und frei einteilen könne, ein anderes Leben wolle sie sich gar nicht mehr vorstellen. Dann hat sie mir mit ihren lebhaften Handbewegungen und ganz schön vielen Grimassen ein paar ihrer Kunden vorgespielt, auch Herrn Scharschmidt mit den ausgetrockneten Sehschlitzen, und wir haben furchtbar gelacht.

»Ich hab einen Freund!«, sagte ich plötzlich, mitten in die Stille nach dem Lachen. Und in derselben Sekunde wusste ich überhaupt nicht, warum ich das sagte.

Lauras grüne Augen waren ganz aufmerksam und eine

Sekunde lang tief und dunkel, es sah irgendwie traurig aus und sehr schön. Dann hat sie, ein ganz kleines bisschen nur, genickt, nur mit den Augen. Gefragt hat sie nichts. Ich hab dann sehr schnell so getan, als ob ich dringend wegmüsste. Einen winzigen Funken sprühten da ihre Augen, als ob sie es doch nicht ganz glaubte, das mit der Eile. Sie zahle die Schokolade, hat sie nur gesagt. Ich solle nur gehen. Während ich aufstand und meine Tasche nahm – was hätte ich auch sonst tun sollen, jetzt konnte ich ja schlecht sagen: Ich bleibe doch noch eine Stunde –, schrieb sie mit einem Stift, den sie ziemlich rasch aus ihrer Jacke fischte, etwas auf den Papieruntersetzer der Schokoladentasse und gab es mir.

Ich sah das kleine, rund gerüschte Ding erst an, als ich schon auf der Straße war, mit heißer Stirn, als wäre ich krank. Ich hatte das Papierchen einfach genommen und »Ciao« gemurmelt und war hinausgerast. Auf dem weißen Untersetzer war ein Tropfen Schokolade. Der sah aus wie bitter und süß. Daneben eine Telefonnummer. Und darunter stand: »Die Angst ist nur ein Stück vom Beton, der die Welt so hässlich machen kann.«

Glanz

Glanzauge, Blauauge ... Am nächsten Tag fand ich all das ganz furchtbar. Laura, dieses Treffen und meine heiße Stirn danach ... ganz einfach furchtbar. An jenem Abend war ich noch ein wenig in der Stadt umhergeirrt, wie in Trance, und wusste nicht, wohin mit diesem, mit meinem eigenen Gefühl. Ich war mir selber fremd. Ich wollte Hans anrufen und hab es dann doch nicht getan – irgendwie war mir unwohl bei dem Gedanken –, schließlich ging ich unschlüssig und nicht gerade gut in Form nach Hause. Ich lernte noch ein bisschen Mathe und zwang mich, jeden anderen Gedanken wegzudrängen, dann legte ich mich schlafen. Die Nacht war unruhig. Ich träumte davon, nackt in einem Bach zu stehen, gegen den Strom stand ich, und Laura rief mir etwas zu, es war ein total wirrer Traum, und am Morgen wachte ich wie gerädert auf.

An diesem Morgen, das weiß ich noch wie heute, fing ich an, diese Laura für das dumpfe Unbehagen und die Verwirrung und auch für das konfuse Glück, das sie in mir verursacht hatte und das ich erst recht nicht auf die Reihe bekam, zu hassen. Regelrecht. Mir kam es vor, als müsste ich mich aus einer viel zu engen Umarmung befreien, irgendwie losschlagen. Und das könnt ihr euch natürlich denken: Ich machte das alles mit mir ab. Mit wem auch hätte ich darüber reden sollen? Können? Mit Hans etwa? Mit Jo? Mit Jo, das schien mir noch eher möglich; ich mochte es aber ganz einfach nicht. Hätte ich mit Anne reden sollen? Und was hätte ich ihr sagen sollen? Dass ich nicht wisse, was mit mir los sei und dass ich dafür noch nicht einmal einen Grund nennen könne, außer dass eine rothaarige Werbegrafikerin, die Laura hieße, mich zu einer Tasse heißer Schokolade eingeladen habe? ... Nein, also da hab ich doch lieber meinen Mund gehalten. Oder hätte ich vielleicht mit meinen Eltern reden sollen, mit meiner Mutter, die beim kleinsten Geräusch zusammenzuckt, weil sie glaubt, das sei nun endgültig der Weltuntergang? ... Nein, also war ich ganz allein mit ... mit diesem Ich-weiß-nicht-Was. Es fühlte sich an wie Verliebtsein, aber es hatte noch etwas ganz anderes in sich: Den Geruch von etwas Fremdartigem, Andersartigem, etwas Verstoßenem, Verbotenem. Damit, das beschloss ich am nächsten Tag nach diesem Traum, damit wollte ich nichts zu tun haben. Es machte mir Angst. Ich setzte also alles daran, diese Begegnung, mit allem, was dadurch in mir irgendwie wach geworden war, zu vergessen. Weg, nicht mehr daran denken!

Gleich nach der Schule an diesem Tag rief ich Hans an. Er war ein bisschen ärgerlich, weil ich mich am Abend zuvor nicht mehr gemeldet hatte. Ich log, dass ich mit Annelen zusammengesessen sei und wir über ein wichtiges Problem gesprochen hätten, mit dem sie alleine nicht fertig geworden wäre. Hoffentlich, dachte ich sofort, kontrolliert er das jetzt nicht. Er schien mir aber zu glauben.

Schnell sagte ich: »Ich hab geträumt von dir, heute Nacht.«

Auch gelogen. Glatt gelogen! Aber geholfen hat es. Hans bekam wieder seinen weichen Tonfall – und das brauchte ich doch jetzt so! Ich fragte, ob wir uns nicht am Abend treffen könnten, und er sagte »Ja«.

In der Dämmerung dann saßen wir in seinem Zimmer, und ich war besonders lieb zu Hans; er bemerkte es irgendwie und sah mich einmal ganz merkwürdig von der Seite an, aber gesagt hat er nichts und zum Glück auch nicht noch einmal wegen Annelens »Problemen« nachgefragt ... Nur einmal, ganz kurz, während Hans gerade im Bad war, dachte ich an Laura.

Ich weiß auch nicht, was mich an sie erinnerte. Auf einmal sah ich ihr Gesicht vor mir, ihre Augen, und dachte im nächsten Augenblick: Geh weg, Gesicht, ich will dich nicht, ich will meine Ruhe! Und ich will mein Leben so leben, wie es bis jetzt war, mit Hans und meinen Eltern, auch mit der Schule meinetwegen ... Das alles ist mir jedenfalls viel lieber als diese blödsinnige Unruhe, die du mir machst, geh also weg! Das Gesicht verschwand tatsächlich, aber etwas in mir tat leise weh.

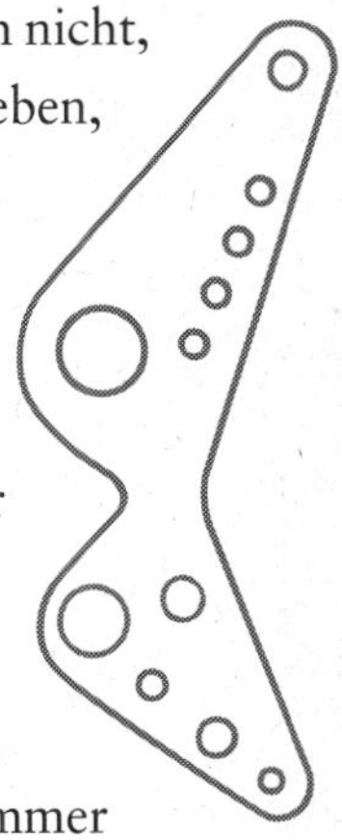

Als ich an diesem Abend nach Hause kam, später als sonst, aber niemandem ist es aufgefallen, suchte ich den kleinen Zettel mit dieser Telefonnummer heraus, sah ihn lange an und warf ihn weg, ganz klein zerknüllt, in den Papierkorb. Im nächsten Augenblick holte ich ihn wieder hervor, zerriss ihn in viele, winzige Einzelteile und schmiss das Laura-Konfetti ins Klo. Dort tanzte es in dem heftigen Wasserstrudel der Spülung ... und verschwand. Erleichtert atmete ich auf.

Zwei

Zwei Wochen später, Laura war in weite Ferne gerückt, hatte Annelen Geburtstag. Ich kaufte einen kleinen Strauß Herbstblumen – mittlerweile war es Ende September, der 24., um genau zu sein – und marschierte zu Annelens Familie, die nur ein paar Straßen von uns entfernt wohnt. Annes Mutter ist sehr lieb, und jeder kann sie leiden. Sie machte mir auf, sah die Blumen und zwinkerte mir zu. Dann ließ sie die Haustüre ganz leise zugleiten, und ich schlich mich zu Annelens Zimmer und stürmte dann überfallartig hinein. Anne lag auf ihrem Bett und las; ein paar aufgerissene Geschenke waren um sie verstreut, sie schienen ihr nicht die rechte Freude gemacht zu haben. Ihr Gesicht hellte sich merklich auf, als sie mich sah.

»Ich dachte schon, du kommst nicht«, brummte sie mit einem verunglückten Lächeln. »Hajo hat mir nämlich auch nicht gratuliert.« Hajo war der angebetete Schwarm, der Anne nicht einmal zur Kenntnis nahm. »Obwohl er doch mitbekommen haben muss, dass ich …«

»Mach dir nichts draus, Jungfer!«, sagte ich frech, und gleich darauf tat es mir schon wieder Leid. »Dafür gratuliere ich doppelt und dreifach!«

Annelen ist immer die Unförmigere von uns beiden gewesen, schon als wir Kinder waren, und ihre Zähne stehen ein bisschen schief. Sie ist nicht hässlich, wirklich nicht, aber manchmal fühlt sie sich so, und das macht sie dann grau und labbelig wie einen alten Scheuerlappen. So ein

Scheuerlappen, und zwar ein maulender, war sie ausgerechnet an diesem Tag, ihrem Geburtstag.

»Wenn ich doch wenigstens nicht in den Sommerferien mit meinen Eltern an die Adria gefahren wäre! Hajo war die ganze Zeit hier; das habe ich von Verena erfahren, die ganze Zeit! Wusstest du das? Da hätte sich vielleicht doch was ergeben: notfalls im Freibad! Aber was mach ich? Fahr wie ein Säugling mit Mama und Papa in die Ferien und esse ein Eis nach dem anderen, vor lauter Frust! Sieh doch nur, wie fett ich seit den Ferien geworden bin, kein Wunder, dass mich Hajo nicht anschaut!«

Missmutig zupfte Anne an sich herum. »Du, du bist immer gleich! Du musst auf überhaupt nichts achten! Du bist in den Ferien mit deinem Hans nachts an den Baggersee gefahren, während deine Eltern Ewigkeiten verreist waren und ...«

»Annelen!« Ich holte tief Luft. »Also erstens waren sie nur zwei Wochen unterwegs, und jeden Abend den Rasen sprengen war auch nicht gerade toll, von anderen Dingen mal ganz zu schweigen, zum Beispiel von meinem stinkfaulen Bruder, der alles stehen und liegen lässt ... Und zweitens wäre ich auch dageblieben, wenn es keinen Hans gegeben hätte, denn wenn etwas zum Kotzen ist, dann ist es unser Ferienhaus im Allgäu! Und drittens schließlich muss ich auch ganz schön aufpassen mit dem Essen, aber ich glaub wirklich nicht, dass von meiner Figur mein Leben abhängt, das ist doch Blödsinn hoch zehn! Wenn Hajo so bescheuert ist, dann kannst du gleich auf ihn pfeifen.«

»Du weißt nicht, was Liebe ist«, sagte Annelen finster.

»Du hast ja überhaupt keine Ahnung. Ich sage dir, mein ganzes Unglück ist, dass ich keinen Freund habe, damit hängt alles zusammen, alles.«

»Annilein«, rief ich lachend und breitete die Arme aus, »dass es mich gibt, ist das nichts? Acht Jahre sind wir befreundet, und das alles ist nichts gegen so einen Hajo? Mit Jungs kannst du doch sowieso nicht so gut reden, ist das nicht so? Also. Und die Liebe, die wird dir schon noch passieren. Die kommt einfach, die macht peng! und ist da, so schnell kannst du gar nicht schauen. Jetzt aber, mein kleiner Scheuerlappen, hast du erst einmal Geburtstag! Ich gratuliere dir dicke und von ganzem Herzen!«

Ich umarmte Anne, und sie lächelte irgendwie ganz gerührt und schon wieder zufrieden. »Außerdem, schön gelockte Quengelsuse, hab ich eine ganz tolle Überraschung für dich.«

»Und die wäre?« Anne strich ihre schönen braunen Haare zurecht, um die ich sie immer schon beneidet habe – sanfte, braune Wellen hat sie, während meine Haare fatzglatt und blond an mir herabhängen.

»Wir gehen heute in ›Don Giovanni‹. Nur du und ich – ganz groß. Deine Eltern wissen schon Bescheid und meine auch, mein Paps spendiert sogar das Taxi nach Hause. Wir dürfen bleiben bis ganz zum Schluss, obwohl es erst um 20 Uhr anfängt, und anschließend, wie findest du das, noch eine halbe Stunde zusätzlich im Theater-Café sitzen! Mozarts ›Don Giovanni‹! Glückwunsch zum 16ten!«

»›Don Giovanni‹«, sagte Anne ganz leise, und fast andächtig klang sie dabei. »Das ist toll. Und wirklich heute Abend? An meinem Geburtstag direkt?«

»Ja! Sie spielen nur für dich! Und zwar ohne Unterbrechung.«

Wir hatten die Oper im Musikunterricht durchgenommen, und wenn unser Lehrer uns einen Ausschnitt daraus vorspielte, sahen wir zum Fenster hinaus und fingen an zu träumen. Es war wunderschön – so feierlich und heiter und dann diese traurigen Stellen ... und wie zum Schluss der Wüstling zur Hölle fährt ... Jedes Mal wurden wir äußerst unsanft aus unseren Träumen gerissen, wenn irgendein Abschnitt, den man irgendwo musikalisch »einordnen« konnte, vorbei war und wir dann dazu Fragen beantworten mussten. So hatten wir diese Musik nie ganz hören können, obwohl Anne und ich uns einig waren, dass es die schönste ist, die wir jemals im Leben kennen lernen würden.

Eine Platte zu kaufen oder im Plattenschrank meiner Eltern danach zu suchen, hatten wir überlegt, den Gedanken dann aber verworfen, weil uns das irgendwie so vorkam wie im Musikunterricht. Jetzt also würde die Oper lebendig vor unseren Augen, für unsere Ohren aufgeführt werden, wir würden sie erleben.

»Charly, das ist großartig!« Anne schüttelte anerkennend den Kopf. »Ich hab mir das ja für deinen Geburtstag im Dezember auch schon überlegt ...«

»Charlotte!«, sagte ich plötzlich ganz bestimmt. »Ich möchte, dass du ab jetzt Charlotte zu mir sagst. Charly klingt doof.«

Einen Moment lang war Anne irritiert, dann aber hatte sie ein ganz anderes Problem.

»Mensch! Was zieh ich denn da bloß an?« Sie sprang zu ihrem Kleiderschrank, riss ihn auf und seufzte traurig. Dieser Seufzer war mir nur gerade recht. Ich öffnete die Zimmertür und rief in den Flur hinaus: »Vielleicht kann man ja eine neue Robe herbeizaubern!«

Das war das verabredete Zeichen für Annes Mutter. Gleich darauf kam sie mit dem eigentlichen Hauptgeschenk herein und hielt es im Türrahmen hoch. Es war ein todschickes, schwarzgoldenes, nagelneues Abendkleid für Anne, das auf einem mit großer Schleife verzierten Bügel hing.

»Ich dachte ... wir müssen sparen für das neue Haus!« Anne geriet ganz außer sich.

»So schlimm ist es auch wieder nicht. Komm, zieh's mal an!«, sagte Frau Gerstner.

Das Kleid passte tadellos, und Anne sah richtig flott darin aus.

»Gott sei Dank muss ich nicht meinen ollen Tanzstundenfummel anziehen ...«, murmelte sie noch und dass wir uns das beide wunderbar für sie ausgedacht hätten. Dann bewunderten wir alle drei noch ein bisschen den Stoff und den Schnitt, und ich stichelte: »Wenn Hajo dich so sehen könnte ...« Sofort darauf aber tat mir meine Bosheit schon wieder Leid. Zum Glück verhielt sich Anne so, als hätte sie sie überhört. Wir verabredeten noch einen Zeitpunkt, an dem wir uns an der Bushaltestelle treffen wollten, und jede verschwand in ihren eigenen Schönheitsritualen. Ich ging nach Hause und badete ausgiebig. Meine Mutter gab mir von ihrem ganz teueren Badeschaum; es roch einfach wunderbar. Dann stieg ich aus der Wanne, trocknete mich ab und cremte mich ein von Kopf bis Fuß, wusch mir die Haare unter dem Wasserhahn im Waschbecken und föhnte sie, ein ganz kleines bisschen wellten sie sich nach dem Bürsten, wenn man genau hinsah. Dann betrachtete ich mein Gesicht und schminkte mich, nur leicht, mit ein wenig Puder und einem pastellfarbenen Lippenstift. Hans hatte es gern, wenn ich die Augen mit Kajal schwarz umrandete, er fand, ich hätte dann so einen »feurigen Blick«. Ich selbst mochte das eigentlich nicht und beschloss, mir lediglich die Wimpern zu tuschen. Hans würde mich ja nicht sehen so; ich hatte ihm gesagt, dass ich den Abend mit Annelen verbringen würde, und genoss es regelrecht, mich so zurechtzumachen, wie es mir selber gefiel.

Ich ging in mein Zimmer und holte meinen grauen Flanellanzug aus dem Schrank – eine gerade geschnittene Hose mit einer weiten Jacke dazu, aus ganz weichem Stoff, erst dreimal getragen. Die Bluse war eine schwere Entscheidung. Schließlich zog ich meine Mutter zurate. Sie versteht ziemlich viel von Klamotten; sie sieht immer sehr schön aus, dabei natürlich unauffällig, etwas Schrilles oder Ausgefallenes würde mein Vater niemals an ihr dulden. Meine Mutter war wirklich nett, wohl weil sie keine Kopfschmerzen hatte, und wir probierten drei oder vier Blusen aus. Die ganz leicht violette, fast weiße, gefiel uns am besten, und meine Mama fand mich sehr hübsch, auch wie ich mich zurechtgemacht hatte.

»Sonst siehst du immer aus, als hättest du die Tuberkulose. So ist es viel besser, Charlotte.«

Meine Eltern sagten immer Charlotte.

»Hans mag es eben so nicht.«

»Ach, Hans ...«, sagte meine Mutter müde, »was die Jungs oder Männer immer finden, da richte dich mal besser nicht so früh danach. Das kommt alles noch bald genug auf dich zu.«

Dann sah sie plötzlich aus, als wolle sie mich etwas fragen, und ich sah schnell zur Seite und fing an, die anprobierten Blusen wieder einzuräumen.

»Sag mir noch Auf Wiedersehen, bevor du gehst, ja?« Damit verschwand sie, und ich war ziemlich froh darüber.

An der Bushaltestelle bewunderten Anne und ich uns erst einmal ausgiebig. Wir sahen beide ganz verschieden aus, sie eher festlich und mit einer kunstvollen Hochfrisur, ich eher leger, aber jede fühlte sich wohl mit sich, und voller Vorfreude stiegen wir in den Bus.

Das Foyer der Oper glich einem Bienenhaus. Es wimmelte nur so von fein herausgeputzten Menschen. Männer im Frack oder im Abendanzug mit hochroten Köpfen und dicken Bäuchen führten in Brokat eingeschnürte »Gefangene« am Arm; so kamen mir die meisten Frauen vor, die ich dort sah. Fast keine hatte ein glückliches Gesicht. Dazwischen ein paar jüngere Leute, manche mit Jeans, Studenten vielleicht oder Schüler wie wir; die gefielen mir besser als die braven, geleckten Bubis, die neben ihren leise streitenden Eltern schweigend im Programmheft lasen. Einen Freund von Hans sah ich und winkte ihm zu. Er war mit einer Schwangeren da; ihr Bauch war schon ganz dick.

»Ich glaube, das ist seine Schwester«, raunte ich Annelen zu.

»Hoffentlich«, sagte Anne nur trocken. »Trotzdem ist es schön für das Kind, dass es diese Musik zu hören bekommt, findest du nicht?«

Ich nickte. Das ungeborene Kind hatte bestimmt mehr davon als all diese Menschen mit ihren verschlossenen und missmutigen Gesichtern.

Auch einen Kollegen meines Vaters traf ich, der leise scherzend mit seiner Frau zur Garderobe ging. Ich grüßte brav und freute mich im Stillen, dass wenigstens die beiden so lieb zueinander waren. Das Paar grüßte freundlich zurück, obwohl sie sich sicher nicht an mich erinnerten; mein Vater hatte mich ihnen einmal vorgestellt, als sie bei uns zu Besuch waren. Ich weiß noch genau, dass die beiden auch damals so nett miteinander waren. Meine Mutter hatte beim Sahneschlagen in der Küche geseufzt, dass es eben auch noch intakte Familien gäbe ...

Dann sah ich sie. Laura. Laura! Zuerst nur ihren Blick, und mir blieb fast das Herz stehen. Die, ausgerechnet! Was machte sie denn hier? Dann fiel mir aber sofort ein, dass wir die Karten für diese Vorstellung sogar gemeinsam gekauft hatten, an jenem Tag vor zwei Wochen. Wie konnte ich das denn nur vergessen haben? Es war ja klar, dass sie auch kommen würde! Und sofort darauf durchfuhr mich der nächste Schreck: Dann würde sie ja auch neben uns sitzen! Die ganze lange Oper hindurch, neben mir und Annelen! Die Karten waren in einer Reihe, nebeneinander, hundertpro! Wir hatten ja noch extra draufgeschaut, deswegen ...

»Was hast du denn?« Anne, die keine Ahnung haben konnte, was in mir vorging, nur weil ich zwanzig Meter entfernt das Gesicht einer Rothaarigen entdeckt hatte, sah mich ganz erstaunt aus ihren sorgfältig geschminkten Augen an.

»Ach, nichts«, sagte ich schnell. »Ich dachte nur, ich hätte meinen Hausschlüssel verloren ...«

Zur Betonung kramte ich in meiner Jackentasche herum.

»Und? Hast du ihn?«

»Ja, jaja, da ist er.«

Laura ging nicht schnell, aber stetig näher kommend. Als sie etwa fünf Meter von uns entfernt war, sah ich ihr voll in die Augen, ganz fest und entschlossen. Dann drehte ich mich rasch um, nahm Anne am Arm und zog sie mit mir fort.

Es klingelte zum dritten Mal. Wir standen an der Eingangstür zum Zuschauerraum, und ich betete zu Gott, dass Laura wenigstens von der anderen Seite in die neunte Reihe, in der unsere Plätze waren, hineingehen würde; da sah ich sie schon wieder. Sie kam mit einem merkwürdigen Gesichtsausdruck auf mich zu, als wäre sie ganz in Gedanken und hätte mich noch nie in ihrem Leben gesehen.

Gerade wie ich der Frau am Einlass mit der linken Hand die Karten entgegenhielt, blieb Laura, wie zufällig, fast genau neben mir stehen.

»Ihr seid doch sicher Schülerinnen, oder? Ich kann leider nicht bleiben, um die Vorstellung zu sehen und habe meine Karte gerade eben im Foyer an einen jungen Mann verschenkt; der brauchte aber kein Programmheft. Wollt ihr es vielleicht?«

Und Laura hielt uns etwas Buntes entgegen, eher mir als Anne.

Was sollte das denn?!

Anne schüttelte gleichgültig den Kopf: »Nein, ich hab schon eines für uns beide, vielen Dank. Ist aber nett von Ihnen.« Damit ging sie durch die Türe.

»Ich nehme es gern, danke!«, sagte ich, und es klang ganz und gar nicht freundlich, sondern eher ziemlich laut. Mit einer heftigen Bewegung entriss ich Laura das Heft. Hau ab!, sollte das heißen und sonst gar nichts.

»Schöne Vorstellung«, sagte Laura leise. Ihr Blick war ernst und undurchdringlich, gar nicht so grün wie neulich im Café.

Dann ging sie weg. Ganz gerade ging sie und ohne Eile. Sie trug irgendetwas Schwarzes, ihr rotes Haar leuchtete, sie wirkte stolz.

»Was ist denn! Soll ich vielleicht über sie drübersteigen, Fräuleinchen?«, sagte eine gutmütige, tiefe Männerstimme hinter mir.

»Ach so, ja, bitte entschuldigen Sie ...«

Rasch ging auch ich in den Zuschauerraum. Anne hatte

schon herausgefunden, wo unsere Plätze waren und wartete ungeduldig auf mich.

»Komm doch! Es fängt ja gleich an!«

Wir setzten uns in die Mitte der Reihe neun, und rechts und links und vor und hinter uns war jeder einzelne Platz besetzt. Nur neben Annelen war ein Platz frei. Die Türen wurden geschlossen und das Licht im Zuschauerraum gelöscht. Die Ouvertüre begann.

Sie war also gegangen.

Irgendwie tat es mir jetzt natürlich schon wieder Leid, dass sie doch nicht da war; sicher hätte sie auch gern diese schöne Musik gehört. Ich hatte sie vertrieben, regelrecht! Und ich wusste noch nicht einmal genau, weshalb.

Dann wurde der schwere, dunkelrote Vorhang vor der Bühne hochgezogen, und ein südlich aussehender Marktplatz in weichem, mildem Licht war zu sehen. Eine schwarz gekleidete Frau kam verzweifelt aus einem der Häuser, und die Arie über den toten Vater begann. Die Frau musste also Donna Anna sein. Don Giovanni, den man schon singen gehört hatte, trat ebenfalls auf; der Kleinere neben ihm war sein Diener Leporello, und es ging nun darum, ob Donna Anna den Mann wieder erkennen würde, der in der Nacht in ihr Zimmer eingedrungen war und sie zu vergewaltigen versucht hatte. Don Giovanni stand in heldenhaften Posen herum, er sang aber sehr schön. Zu diesem Zeitpunkt weiß man noch nicht, dass er der Täter ist. Nur sein Diener weiß

es, und der will ja auch von Anfang an abhauen. Er ist mein Liebling in dieser Oper, weil er mich irgendwie rührt. Er weiß, was für ein Dreckskerl sein Herr Giovanni ist und schafft es dennoch trotz vieler Versuche nicht, ihn zu verlassen, weil er zu gutmütig ist. Stattdessen bleibt er und singt eine schöne Arie nach der anderen. Ich wollte wissen, wer der Sänger ist, der meinen Leporello singt, schlug das Programmheft auf und hielt es ziemlich dicht an die Augen. Auf der ersten Seite unter »Don Giovanni, Drama giocoso von Lorenzo da Ponte und Wolfgang Amadeus Mozart« war eine große, schwungvolle Handschrift, schwarz und irgendwie so lebendig wie die Musik, die ich hörte, während ich las: »Wenn du willst, werden wir noch sehr viel Musik miteinander hören. Ich will. Sag mir, ob Warten einen Sinn hat!« Dann stand da eine Adresse und: »Vielleicht ist Schreiben leichter. Mein Nachname ist Eving.«

Laura Eving. Die Musik tanzte und schwirrte um mich herum, in mich hinein, alles war erfüllt von ihr. Am liebsten wäre ich aufgestanden und wäre ihr nachgerannt, einfach so! Wie sie ausgesehen hatte ... und ihr Blick! Wie sie getan hatte, als kennten wir uns nicht, nur um ... um mich nicht in Schwierigkeiten zu bringen! ... Ich war nicht mehr imstande, der Oper zu folgen, hörte nur noch wie im Traum diese schönen, wunderschönen Klänge. Gott sei Dank musste ich Annelen nichts erklären. Sie war hin und weg von ihrem Helden, Don Giovanni. Ab und zu stupste sie mich mit dem Ellenbogen ganz leicht und aufgeregt in die Rippen, wenn er wieder irgendwo besonders schön posierte. Ich bekam es alles nur am Rande mit, nickte mechanisch, und in mir war eine ganz große Ruhe, auf einmal. Ich wusste es jetzt, dass ich mich verliebt hatte. Verliebt in eine Frau!

An dieser Stelle muss ich meine Erinnerungen unterbrechen und euch etwas Dringendes aus der Gegenwart erzählen: Jo, mein Bruder, wird seine Katrin heiraten! Ich hab mich so gefreut! Heute Nachmittag war er hier und hat es uns erzählt. Sie ist nicht schwanger, die Katrin; nur so wollen sie's tun, weil sie jetzt einfach wissen, dass sie zusammenbleiben werden. Es war total überraschend: Ich saß so etwa nach fünf Uhr, vielleicht halb sechs, im Garten mit einer dicken Strickjacke an und einer Menge Papier in meiner Mappe und wollte weiterschreiben, hatte mich also so richtig gemütlich am Gartentisch platziert, und weder der kühle Oktober noch ein letztes Blatt Papier hätten mich zwingen können, aufzustehen – da kam er, Jo, vom Gartentor her mit einem roten Luftballon in Herzform, den hielt er an einem Faden in der Hand; er schwebte fast neben seinem Kopf. Ich sollte raten, was er mir damit sagen wollte!

Ich gleich: »Du hast dich verliebt!«

Sofort tat's mir dann aber wieder Leid, denn ich weiß doch, wie sehr der seine Katrin liebt ...

Jo hat aber nur gelacht und gesagt: »Ja. Noch mal. Wir heiraten. Mama und Paps wissen es noch nicht. Ihr seid die Ersten.«

Ich rannte gleich ins Haus und brüllte nach Laura.

»Ja?«, rief sie von oben zurück.

»Jo heiratet! Komm!«

»Tut er das sofort, oder kann ich noch die Tusche zuschrauben?«

Jetzt klang sie fast ein bisschen bissig; sie mag absolut nicht, wenn man sie stört. Ich versteh das; ich mag es auch nicht. Wenn eine von uns an etwas arbeitet, dann darf die andere nicht stören, nur im Notfall, das haben wir so ausgemacht. Dies hier aber war ein Notfall, sozusagen! Jo ist in allem ziemlich bedacht und mehr so ein ruhiger Typ; er kennt seine Katrin wirklich schon ewig – es wird also wohl seine einzige Heirat sein in diesem Leben, und somit war die Sache mit dem Luftballon glattweg ein historischer Moment!

»Es ist ein historischer Moment!«, brüllte ich hinauf. Da erschien Laura auch schon oben an der alten Holztreppe.

»Ja, dann!«, sagte sie vergnügt und kam herunter. »So kühl draußen?«, fragte sie mit Blick auf meine Strickjacke. Ich nickte.

Jo, der Laura sehr mag, umarmte sie und dann auch mich; vorher hatte er ja keine Gelegenheit dazu gehabt, und er sagte, Katrin habe eigentlich mitkommen wollen, aber sie sei dann doch lieber zu ihrer Schwester gegangen, aus Zeitersparnis, es nähme ja sonst gar kein Ende mit den Mitteilungsbesuchen. Laura nickte mit funkelnden Augen.

»Wo sie doch elf Kinder zu Hause sind, nicht wahr.« Jo schluckte ein bisschen. Katrin hat überhaupt nur eine einzige Schwester, und der wahre Grund, weshalb sie nicht mitgekommen war, hatte damit zu tun, dass sie Laura nicht gerne in die Augen sehen mag. Meiner Mutter hat Katrin nämlich früher einmal erzählt – nur so, um bei ihr lieb Kind zu sein, oder was weiß ich – Laura sei »stadtbekannt« für Affären mit allen möglichen Leuten, Männlein wie Weiblein. Kein Wort davon war wahr gewesen. Sie hat es später vor meinen Eltern zugeben müssen und einen ziemlich roten Kopf gehabt. Meine Mutter mag Katrin trotzdem immer noch, fast mehr als mich.

»Weil Katrin nichts Besonderes ist, deshalb«, hat Laura einmal lässig gesagt. Damals, als Katrin diesen Mist erzählte, war das für mich ziemlich folgenschwer, denn ehe meine Eltern Laura mit eigenen Augen gesehen hatten, glaubten sie jedes schlechte Wort über sie, und für mich war das furchtbar, das könnt ihr euch vorstellen. Dass ich, sobald es nur irgend ging, ausziehen würde, war von da an für mich beschlossene Sache.

Jo schluckte also, als Laura das mit den elf Kindern sagte, aber der kleine Missklang verflog augenblicklich, als wir uns mit ihm zusammensetzten und auf sein Glück anstießen, mit einer Flasche Sekt, die ich aus dem Kühlschrank holte. Wir haben immer Sekt da, für feierliche Angelegenheiten, denn die kann man ja nur in den wenigsten Fällen voraussehen, finde ich. Ich freute mich wirklich für Jo, und ich mag Katrin, trotz ihrer blöden Lüge. Sie ist lieb, und man kann viel mit ihr lachen, wenn sie gute Laune hat.

Laura wünschte Jo eine Ehe »ohne Zwiespalt«, und ehe ich darüber nachdenken konnte, da sagte sie auch schon ganz offen und ohne jeden Unterton: »Eure Eltern werden sich freuen. Endlich doch Enkelkinder. Wann willst du es ihnen sagen?«

»Da wollen wir nachher gleich hin, Katrin und ich; in einer Stunde treffen wir uns dort.«

»Grüß bitte!«, sagte Laura, und Jo nickte, irgendwie ein wenig unbehaglich. So gern er nämlich bei uns ist, und so sehr er Laura auch leiden mag, so sehr er mir in den ziemlich schweren, vergangenen Monaten, bevor Laura und ich hier in unserem Häuschen waren, zur Seite gestanden hat, so wenig hat er es doch gewagt, vor unseren Eltern für mich Partei zu ergreifen. Er sagte zu ihnen nichts gegen unsere Liebe, nichts gegen Laura und mich, aber eben auch nichts dafür.

»Die Hauptsache aber ist doch«, meinte Laura einmal zu mir, »dass er gerne zu uns kommt. Alles andere findet sich.«

Dann sprachen wir noch, ganz gemütlich am Küchentisch sitzend, über Kinder. Jo wünscht sich eines und später, wenn sein Studium abgeschlossen ist, vielleicht noch ein zweites. Prompt fing Laura daraufhin mit einem ihrer Lieblingsthemen an, nämlich dass wir doch eines Tages einmal Kinder, möglichst zwei, adoptieren könnten ... Eigene Kinder wollte sie nie, auch nicht als ganz junge Frau, da war sie mit einem Engländer verheiratet, aber adoptieren, das wollte sie immer und will es auch jetzt mit ihren vierunddreißig Jahren noch. Ich bin ganz unentschlossen in diesem Punkt, kann mich irgendwie noch nicht so recht dafür begeistern, auch wenn Laura mir zehnmal sagt, ich wäre für sie endlich der richtige

Mensch, um an die Ewigkeit zu denken, und nichts anderes täte man, wenn man an Kinder denke. Überhaupt, ich stelle mir das ganz schön schwer vor: zwei Frauen, die miteinander leben und sich lieben ... Ob die so ein Kind kriegen? Neue Gesetze soll es ja zu dieser Frage bald geben, aber egal: Ich will davon jetzt einfach noch nichts wissen! (Wenn ich das sage, dann lacht Laura meist, ganz zärtlich und irgendwie frech, dann nickt sie.) Auch wie wir das praktisch machen würden, darüber muss ich noch jede Menge, vielleicht Jahre, nachdenken. Dass ich mein Berufsziel aufgebe, kommt nämlich gar nicht infrage: Ich will nach dem Abi eine Zeit lang an der Sternwarte arbeiten, als Volontariat und Job gleichzeitig sozusagen. Die zahlen sogar etwas dafür, ich hab mich schon erkundigt. Dann will ich Astronomie studieren, mit irgendwas dazu noch. Astronomie, ja. Die Unendlichkeit, das Weltall und ... Ich fang jetzt besser gar nicht groß davon an, sonst finde ich nämlich kein Ende. Das jedenfalls will ich nach der Schule machen. Und erst viel später über irgendeine Art Familie nachdenken. Dass es so etwas auch für uns geben kann, halte ich schon für möglich, was spricht denn dagegen? Aber so eine künstliche Befruchtung, wie sie bei Frauenpaaren in Holland gemacht wird, mit anonymen Samen ... Nein, also für mich persönlich kommt das nicht infrage. Lieber ein Kind aufnehmen, das kein Zuhause hat!

Zurück jetzt aber zu Jo und seinem roten Luftballon! Der schwebte die ganze Zeit über unseren Köpfen am

Küchentisch, und wir redeten und lachten und tranken immer wieder auf Jos Glück. Im Stillen hoffte ich, dass er nie, niemals traurig über diesen Entschluss zu uns zu kommen wird und wir dann am selben Tisch über seine Trennung von Katrin reden müssen. Den Gedanken hab ich dann aber sofort wieder verscheucht. Manchmal fallen mich eben so kleine melancholische Zustände an, dann denke ich, was alles sein kann und wie es vielleicht ganz anders kommen könnte und so. Das verfliegt aber immer wieder rasch, und für Jo und seine zukünftige Frau (wie das klingt!) gibt es wirklich keinen Grund, an etwas Trauriges zu denken! Krach wird es sicher geben, wie bei uns auch. Aber es wird auch Versöhnungen geben, wie bei uns, und halten soll diese Liebe immer, wie unsere, ob wir nun heiraten können oder nicht.

Als Jo ging, waren wir alle drei ein kleines bisschen besoffen, aber wirklich nur ein kleines bisschen. Wir brachten ihn bis vor das Gartentor und sahen zu, wie er in sein Auto stieg, das er fast wie einen Menschen liebt und an dem er ständig herumpoliert. Das würde eine Frau ja niemals machen, aber egal. Ich dachte, wie er die Wagentüre aufschloss, was jetzt wohl meine Eltern sagen werden, in ein paar Minuten ...

»Vergiss unsere Grüße nicht!«, rief ich ihm zu.

»Nein!«, antwortete er und lachte und stieg in den Wagen.

»Kann er fahren?«, fragte ich Laura.

»Eineinhalb Gläser, natürlich. In jedem Eis mit Eierlikör ist mehr. Er hat sich Mut angetrunken bei uns, hast du das nicht bemerkt? Dein großer Bruder hat sich Mut angetrunken. Der hat genauso Probleme mit deinen Herrschaften, wie du sie hattest, der redet auch nicht gern mit ihnen, egal über was. Jetzt gleich wird er hören, dass er als angehender Anwalt eine Reichere haben kann als Katrin, und deine Mutter wird leise, ganz leise, sagen, dass doch die Liebe entscheiden soll ... Oje.«

Laura seufzte und legte den Arm um mich. Ich hab mich fest an sie gedrückt in diesem Moment. Für sie sind Gefühle das Wichtigste; zuallererst kommt für sie immer das Herz.

»Das Herz!«, schrie ich zu Jo hinüber. »Du hast das rote Herz am Küchentisch vergessen!«

Jo nickte aus dem Auto heraus; ich konnte nicht sehen, ob es gleichgültig war oder sagen sollte, dass das Herz ein Geschenk für uns ist.

»Wir behalten das Herz, Mensch. Das ist doch klar!«, sagte Laura und zwinkerte mir zu. Ich musste lachen darüber und freute mich. Auf einmal war mir ganz leicht und wohl und albern. Jo fuhr davon, und wir winkten ihm, ich sogar ziemlich wild.

»Ich freu mich für ihn. Du auch?« Laura nickte und gab mir einen Kuss.

Als wir ins Haus zurückkamen, sagte Laura, sie habe heute, besonders nach unserer kleinen Feier, eigentlich absolut keine Lust mehr zum Arbeiten; ob wir nicht ins »Kassandra's« gehen sollten, ein bisschen etwas essen, und vielleicht später ins Kino ...

»Wie ist es denn mit dir? Musst du noch irgendetwas Dringendes machen?«

Sie sah mich zärtlich an, und ihre Augen waren ganz grün.

»Nee, nicht unbedingt«, sagte ich und zupfte an einer ihrer roten Haarsträhnen herum und dachte, dass ich ja später oder morgen weiterschreiben kann; für die Schule werde ich sowieso erst wieder konzentriert arbeiten, wenn ich euch alles erzählt habe. Das macht aber weiter nichts, meine Versetzung ist nicht irgendwie brenzlig, und alles andere ist mir egal. Die Sternwarte hat keinen Numerus clausus.

»Nicht unbedingt«, sagte ich also, und Laura fing an, mich zu küssen. Erst am Hals und dann an der Schläfe und dann richtig, dabei umarmten wir uns immer fester.

Was soll ich euch sagen, wir sind natürlich im Bett gelandet und haben uns volle zwei Stunden lang geliebt und gestreichelt und gewärmt. Dann lagen wir noch eine Weile eng beieinander und hielten uns ganz fest. Draußen war es schon rabenschwarze Nacht.

»Komm!«, sagte Laura dann und war mit einem Schwung aus dem Bett. Wir duschten zusammen, ganz heiß mit viel Seife und dann ganz kurz kalt; das ist zwar schrecklich, hinterher dann aber doch ganz prima! Wir trockneten uns gegenseitig ab und schlüpften in unsere Jeans und Pullover, und dann fuhren wir geradewegs ins »Kassandra's« – ganz prall gefüllt mit Liebe und hungrig wie die Bären, Hand in Hand.

Das »Kassandra's« ist ein Café, in das Laura schon vor unserer Zeit ging, es sind fast nur Frauen dort, die Frauen lieben. Am Anfang war es komisch für mich, denn dort sieht man auf den ersten Blick einige wirklich merkwürdige Gestalten, die fast so aussehen wie Jungs, oder ziemlich hässliche Frauen, die alle Männer hassen, weil sie vielleicht keiner will. So wirken die eben auf mich. Die meisten aber, das merkte ich schon sehr schnell, sind liebe und lustige Frauen, die sind aus denselben Gründen zusammen wie Laura und ich, und sie engagieren sich in vielem. Mit ihnen zu reden, ist immer interessant. Vielleicht ist Janine auch interessant, im Grunde; ziemlich aufgeweckt und hübsch ist sie ja, so von außen, aber mit ihr rede ich trotzdem nichts, das kann ich einfach nicht. Mit Janine war Laura nämlich vor mir zusammen, und wir haben sie schon zweimal im »Kassandra's« getroffen. Für mich ist sie Luft. Ich hab ihr die Hand gegeben, weil ich schließlich kein Säugling mehr bin, aber seitdem ist sie für mich Luft. Laura sagt nichts dazu, sie akzeptiert es so, basta. Ansonsten bin ich gerne im »Kassandra's«. Die Einrichtung gefällt mir; es ist ein großer, weiter Raum mit alten Kaffeehausstühlen, und man kann sich gut unterhalten; die Musik ist sehr leise. Es ist für uns angenehm, besonders wenn wir müde oder angestrengt oder auch nur irgendwie besonders verschmust sind, uns ganz so zu benehmen, wie wir das möchten, uns auch mal zu küssen oder zu umarmen. Das tun wir natürlich auch anderswo, aber wir riskieren damit ständig, dass sich ein Mann an uns aufgeilt oder irgendwelche Leute demonstrativ wegschauen und dann wieder herschauen ... Man merkt uns eben an, dass wir keine Schwestern oder andere Freundinnen sind;

wir sind ein Liebespaar. Und genau dazu wollen wir nicht immer irgendeinen hämischen oder verlegenen Kommentar hören; das ist einfach ätzend!

Richtigen Ärger gab's allerdings noch nie. Die Leute in den Kneipen oder Cafés, die wir sonst noch besuchen, kennen und mögen uns längst. Vielleicht können die einfach sehen, dass wir uns lieben. Außerdem sind sie an uns gewöhnt.

Das Problem ist die Straße oder manchmal ein Ort, an dem wir völlig fremd sind. Auf der Straße, wenn wir eng umschlungen gehen oder uns einen Kuss geben – wie so viele Leute – schreien uns öfter mal irgendwelche Kerle nach, ob sie »mitmachen« dürften oder ob wir »ein Ersatzteil« brauchten ... Die begreifen eben einfach nicht, dass zwei Frauen zwei Frauen sind und nicht eine Frau mit einer anderen, die lieber ein Mann wäre. Es nervt, kann ich euch sagen. Irgendwie sind das auch nur der Neid und der Hass, wenn die etwas wirklich Zärtliches sehen, glaube ich. Das können solche nicht haben.

Wir sind also, da war ich stehen geblieben, im »Kassandra's« gelandet und aßen Berge Gemüse und Salat und tranken Gingerale und Schwarztee und schwatzten ein bisschen mit Evelyn, die wir getroffen hatten und die sich zu uns gesetzt hatte. Evelyn ist eine sehr liebe Freundin und hat in diesen Tagen fürchterlichen Liebeskummer, weil Barbara, mit der sie zusammen war, weg ist. Ganz verheult hat sie ausgesehen, und wir richteten sie auf, so gut es ging, und beschlossen dann doch noch, zu dritt in »Milena, Kafkas Freundin« zu gehen, einen Film von Clemence Ferreau; es gab eine Nachtvorstellung im »Corso«. Ich habe in Lauras Büchern einmal ein paar Briefe gelesen, die Franz Kafka ihr, dieser Milena, geschrieben hat. Das hat er unaufhörlich getan, er schrieb und schrieb Briefe, während die Beziehung, die die beiden hatten und die, soweit ich das sehe, nun wirklich wirr genug war, vor die Hunde ging. Ich glaubte eigentlich, dass er sie nur als Briefkasten benutzt hat, damit seine Ergüsse der Nachwelt erhalten bleiben, sonst nichts. Der Film war sehr schön, und nachdem ich ihn gesehen hatte, konnte ich besser begreifen, dass dieser Franz Kafka aus seiner Einsamkeit einfach nie herausgefunden hat und dass er, wenn er schon nicht in der Lage war, mit einer Frau in Liebe zu leben, wenigstens versucht hat, sich darüber mitzuteilen. Vielleicht war das, die geistige Ebene, für Milena ja im Nachhinein sogar mehr, wer weiß. Ich leistete dem guten Kafka also im Stillen Abbitte, als wir das Kino verließen, und wir gingen in ein spanisches Lokal, um dort noch ein bisschen über den Film zu reden. Evelyn hatte der Kinobesuch sichtlich gut getan, entweder weil er sie abgelenkt hat von ihrem Kummer, oder weil andere Beziehungen, zum Beispiel die von Milena und Franz Kafka, erst gar nicht beginnen, und da – hat sie sich vielleicht gedacht – mag der Liebeskummer noch viel größer sein ... Einen Werbeagenturbesitzer, den Laura kennt, trafen wir noch, er beauftragt sie manchmal mit ziemlich einträglichen Arbeiten. Er nickte uns sehr nett zu und sah dann im Vorbeigehen etwas irritiert auf unsere Hände, Lauras und meine, die ineinander gefaltet auf dem rotblau karierten Tischtuch lagen. Dann nickte er doppelt nett. Es war, als hätte sein Inneres mit den Schultern gezuckt und gesagt: »Warum auch nicht.« Und er ging weiter, in eine andere Ecke des Lokals; dort wartete eine Frau an einem Tisch auf ihn.

Als wir müde wurden, auch weil die Musik uns auf einmal sehr laut vorkam, zahlten wir und brachen auf. Wir fuhren Evelyn nach Hause. An ihrer Wohnungstür hatte sie doch noch einmal Tränen in den Augen, Laura nahm sie fest in den Arm und sagte leise: »Ich weiß, wie das ist.«

Und dann nahm sie meine Hand, drückte sie fest, und wir verabschiedeten uns von Evelyn. Zwei Uhr früh kamen wir heim!

Jetzt ist es beinahe vier Uhr früh, und Laura schläft schon fest. Der Sturm pfeift um unser kleines Haus, und ich konnte nicht schlafen. Der Film ging mir noch im Kopf herum und Evelyn, und ob auch alle Fenster richtig zu sind. Man weiß ja nie, wie so ein Sturm sich ausweitet. Ich bin also noch einmal aufgestanden, und wie ich an meinem Zimmer vorbeikam und durch die offene Türe im Mondlicht meinen Schreibtisch sah mit den heute Abend, bevor wir zum Essen fuhren, noch eilends darauf gepfefferten Schreibsachen, da fiel mir ein, dass ich euch doch noch berichten will, was sich heute alles ereignet hat. Und dass es ein schöner Tag gewesen ist. So, das war's jetzt, und ich bin todmüde. Jetzt werde ich in unser Bettchen sinken ... Morgen oder übermorgen will ich dann wieder der Reihe nach weitererzählen. Die Geschichte von Laura und mir.

Plötzlich also wusste ich es – da war ich stehen geblieben. Ich saß in der Oper, und etwa im ersten Drittel von »Don Giovanni« wurde mir klar: »Die Liebe, die kommt einfach, die macht peng! und ist da, so schnell kannst du gar nicht schauen ...« Das hatte ich Annelen noch am selben Nachmittag groß verkündet! Und jetzt? Peng. Pengpeng! Verliebt! In eine Frau!

Ich kann euch gar nicht beschreiben, wie mir war. Mir war irgendwie sonderbar, so fremd, so leicht. Ist es Verliebtheit, fragte ich mich dann plötzlich, während der melancholischen Arie der Donna Anna, in der sie Rache fordert für den erlittenen Schmerz – ist es das? Oder ist es einfach nur Freude oder Neugier oder etwas ganz anderes, das ich noch gar nicht kenne ...? Ihr wisst, ich grüble manchmal ziemlich viel, besonders in Situationen, in denen es irgendwie ganz unpassend ist. Wenn das Leben mich so richtig anlacht und mir sagen will, was es alles zu bieten hat, dann kann ich einfach nicht zupacken, ich weiß auch nicht, warum das so ist. Weit kam ich diesmal allerdings nicht mit meiner Grübelei, denn ich fühlte: Ich bin verliebt. In mir war genau dasselbe Gefühl wie damals mit Hans, nur stärker; es zog irgendwie tiefer im Bauch. Sonst aber war da überhaupt kein Unterschied. Genau wie damals wurde ich wie von einer Zauberhand gezogen und war erfüllt von einem tiefen, ruhigen Glück, das blitzschnell abwechselte mit totaler Nervosität; dann war da auf einmal wieder eine große, unbestimmbare Sehnsucht ... Und genau wie beim ersten Mal war ich vollständig verwirrt, nur etwas ängstlicher, irgendwie noch vorsichtiger, denn Laura war eine Frau. Kann man sich als Mädchen in eine Frau verlieben? Ich kannte die Antwort, doch musste ich die Frage immer wieder stellen.

Ich bin damals vor mir selber erschrocken; das werdet ihr sicher verstehen, denn was da in mir auftauchte, war ja nicht nur Bewunderung oder einfach der Wunsch nach Freundschaft; nein, es war die für mich selbst total merkwürdige Sehnsucht, Laura, diese fremde und dazu noch so viel ältere Frau, zu berühren, zärtlich zu berühren, zu umarmen, und es war der Wunsch nach irgendeiner anderen Form von Liebe als der, die ich kannte. Wie sie aber aussehen, stattfinden könnte, davon hatte ich keinen, aber auch wirklich gar keinen Schimmer. Wie, ganz konkret, machen Frauen Liebe?

Ich sage euch, ich saß da in der Oper und wusste nur, ich bin verliebt und hatte keine Ahnung, wie das alles gehen sollte und ob es überhaupt irgendeine Chance für dieses Gefühl gab, das mich so plötzlich ganz durcheinander brachte, mein ganzes Leben! Während die Oper brauste, flirrte, glitzerte und tobte, während die Musik die Herzen der Zuschauer jagte und streichelte, saß ich ganz regungslos da und die wahnsinnigsten Gedankenfetzen – also für mich damals zumindest – rasten durch meinen Kopf ... Weiß Laura, was sie da in Bewegung gebracht hat? Weiß sie es, wollte sie es so vielleicht sogar? Liebt Laura ... Frauen? Spinne ich? Bilde ich mir das alles bloß ein? Ich sah ihren

Blick vor mir, diese Augen, mein Herz begann zu schlagen, immer schneller, ich hob das Programmheft hoch, die ganze Zeit über hatte ich es fest in beiden Händen gehalten, ich hielt es dicht an die Augen, sah mir die Schrift noch einmal an.

Keiner Mauseseele fiel es auf, wie es in mir tobte, und was ich eigentlich sah, während ich interessiert im Programmheft nachlas und dann wieder auf die Bühne starrte; so gut getarnt sind wohl die meisten Menschen, dachte ich, so eifrig versteckt sind vielleicht alle ihre Gefühle ... Alle scheinen sie etwas Bestimmtes zu tun und zu denken, ganz intensiv sind sie mit etwas beschäftigt, das in Wahrheit etwas ganz anderes ist. Ein Maskenball, und fast alle tanzen mit.

»Wenn du willst, werden wir noch sehr viel Musik miteinander hören. Ich will. Sag mir, ob Warten einen Sinn hat.« Ob Warten einen Sinn hat ... Warten auf mich? Ja, ... auf mich! So muss das gemeint sein. »... noch sehr viel Musik ... Ich will ...« Will was? Mich? Mich. Mich! Laura. Laura Eving. Und plötzlich, ich kann es euch gar nicht richtig beschreiben, war mein Leben, war alles irgendwie anders. Alle diese starren Formen, diese Korsetts, in die sich die Menschen quetschen und pressen, schwankten und tanzten in dem Orkan der Musik und verschwammen und wurden klein und lächerlich ... Das Gefühl aber in mir, das wuchs und wuchs und blieb ein absolut reines Gefühl, es war, wie wenn man morgens an einem See steht und sagt: »Mensch, ist das schön!«, und nichts anderes denkt als nur, wie schön es ist.

Ich war ganz ... ganz eingehüllt in diese Schönheit und diese Wärme. Und gleichzeitig war ich mir selber fremd, war dieses Gefühl für Laura mir unbekannt – wie ein Land, in dem ich noch nie gewesen bin und dessen Sprache ich nicht verstehe. Nur eines war sicher: Es fühlte sich gut an, weil nichts daran falsch war, es war einfach da. Immer wieder dachte ich an Lauras Gesicht, sah es genau vor mir, auch den Glitzerblick und die ernsten Sekunden, als ich ihr sagte, wie alt ich bin und auch vorhin ... Wie lebt Laura? Lebt sie allein? Wo ist sie jetzt, was macht sie ...?

Don Giovanni turnte und schrie da oben auf der Bühne herum, und ich saß da und dachte an Laura Eving. Doch, es musste so sein, Laura liebt Frauen. Das war jetzt so klar und deutlich; das spürte ich einfach, obwohl sie es mit keiner Silbe gesagt hatte, alles andere als aufdringlich gewesen war, weiß Gott. In Zeitschriften hatte ich schon einmal davon gelesen, von Frauen, die Frauen lieben. Mehrere Frauen hatten in diesem Artikel ihre Geschichten erzählt, irgendwie komisch war es, ein wenig verschämt und als würde ihnen die Wahrheit schaden. Einige blieben anonym. Über den Krieg reden sie offen in den Zeitschriften, über alle Einzelheiten der Bomben und über »strategische Richtlinien«, damit das Morden auch klappt – und keinem Soldat würde es einfallen, sich nur unerkannt in seiner Uniform abbilden zu lassen ... Ich schüttelte wahrscheinlich ziemlich heftig den Kopf

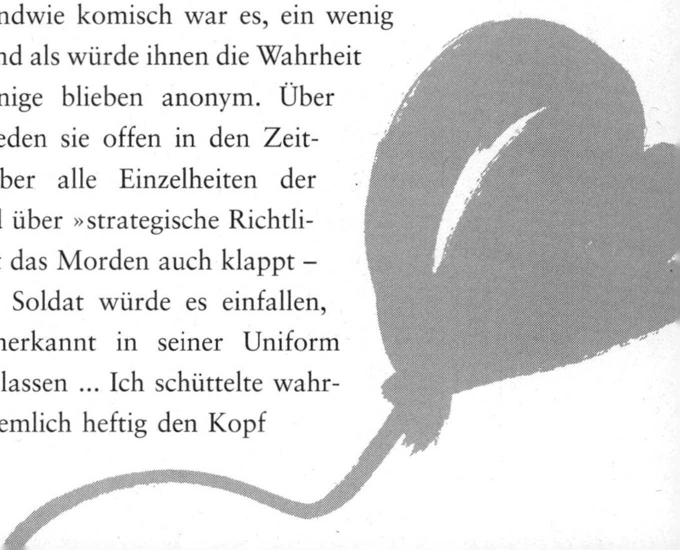

und merkte auf einmal, wie Annelen mich erstaunt ansah. Sofort schaute ich ganz konzentriert auf die Bühne und tat, als hätte ich eben einen schrecklich falschen Ton gehört oder irgendwie so etwas, und im nächsten Augenblick war Anne auch schon wieder in die Aufführung versunken.

»Die Liebe ist immer okay«, hat Hans einmal zu mir gesagt; es war kurz bevor wir das erste Mal miteinander schliefen; ich hatte damals ein ganz komisches Gewissen, weil wir es doch heimlich tun mussten ... Hans! Oh Gott, Hans ...! Ich merkte, wie ich blass wurde, und mir war richtig ein bisschen schlecht. Wie habe ich ihn nur einfach vergessen können in dieser letzten Stunde! Seit heute Nachmittag im Badezimmer beim Schminken hatte ich nicht mehr an ihn gedacht, überhaupt nicht mehr, keinen Fatz! Und dabei war ich doch seine Freundin! Ehe ich aber ein ordentlich schlechtes Gewissen bekommen konnte, sagte ich mir ganz einfach: Quatsch, er erfährt es ja nicht, was denn auch, es ist ja nichts, nichts außerhalb der Gedanken in meinem Kopf, vielleicht sind das alles ja auch nur Hirngespinste ... Wer weiß, vielleicht sehe ich Laura Eving niemals wieder ...! Doch, ich sehe sie wieder, das auf jeden Fall, denn schließlich will ich es. Und sie will es auch. Ob ich ihr schreiben soll? Wird sie mir dann antworten? Oje, vielleicht auf einer Postkarte – und meine Eltern, die ja bei allem und jedem ... Nein, das tut sie nicht, so eine ist sie nicht, sie ist nicht so dreist. Ganz sicher wird sie einen Brief schreiben ... Scheiße, die Telefonnummer ist weg, endgültig ... Und wenn sich Laura nun lustig macht über mich? Wenn das alles nur ein blöder Scherz ist, ein Test? Will sie vielleicht einfach nur sehen, was passiert, nur so, aus Jux ...? Nein! Bestimmt nicht! Weder böse noch oberflächlich waren ihre Augen, ironisch auch nicht, eher traurig. Und dann auch wieder ... irgendwie zärtlich. Dass sie das Leben nicht einfach so auf die leichte Schulter nimmt, das sieht man ihr an ... Und dann kam plötzlich, in all diesen Gedanken über Laura und über mich, eine knallschwarze Mauer in meinen Kopf. Die war auf einmal einfach in mir, zack, einfach in meinen Gedanken, und sie blockte alles ab, auf einmal kam ich keinen Schritt mehr weiter in mir. Wo ich mir sonst, wenn Laura ein Junge gewesen wäre, hätte ausmalen können, wie es wohl sein würde, wenn wir uns wieder träfen, wie sie – vielleicht – meine Hand nehmen würde, oder ... da war nun sie, die schwarze Mauer. Einfach ein Gebilde aus Gefühlen, die waren, als hätte sie eine pechschwarze Fremdheit und eine ganz dumpfe Angst zusammengeklebt; es kam auf einmal gar kein Licht, keine Musik mehr durch; ich konnte mir nichts mehr vorstellen und nicht mehr klar denken. Dann fiel mir ein, dass ich die Mauer schon kannte. Bevor ich das erste Mal mit Hans geschlafen habe, da war sie auch ...

Mensch, dachte ich dann in der nächsten Sekunde, du bist doch bescheuert, Charlotte! Du sitzt hier in der Oper und denkst das blödsinnigste und verrückteste Zeug der Welt; jetzt hör endlich auf damit! Ich räusperte mich und raffte mich irgendwie zusammen, setzte mich kerzengerade hin und lauschte aufmerksam Wolfgang Amadeus Mozart. Aber diese Knalltüte muss selbst eine ganze Menge gewusst haben über Verliebtheit und so, denn bald darauf war eine Stelle so unglaublich schön und irgendwie ganz aus Liebe und Sehnsucht gemacht, dass mir sofort wieder Laura einfiel. Was konnte ich dafür? Und plötzlich – ich weiß auch nicht wodurch, vielleicht durch die Musik – war wieder alles klar in meinem Kopf; alles war okay. Jedes schöne Gefühl ist schwer in Ordnung, jedes ist auf seine Art verschieden. Wie all die Sterne am Himmel: Jeder hat einen anderen Platz, mit jedem hat der liebe Gott eine ganz andere Geschichte. Und ich dachte an das Sternenzelt über uns, über dem Opernhaus, das auch, wo immer sie jetzt war, zur selben Sekunde über Laura war, und dass irgendeiner der vielen Sterne da oben unserer sein würde ... Laura ...

»He, sag mal, bist du noch ganz weg, oder was?«

Annelen boxte mich empört. Um uns war grelles Licht, jedenfalls fand ich es grell, und ein enormer Beifall tobte. Manche waren schon aufgestanden und klatschten im Stehen. Ich sprang rasch auf und klatschte mit.

»Ist das aber toll!«, rief ich Anne zu, und sie nickte und war ganz rot im Gesicht und klatschte krachend und rief unentwegt: »Bravo! Bravo!«

Mir standen plötzlich Tränen in den Augen, die Sänger auf der Bühne, die sich verbeugten und immer wieder Kusshändchen ins Publikum warfen, verschwammen ganz langsam vor meinen Augen und wurden zu einem leuchtenden, bunt strahlenden Geglitzer, sie wurden kleine Sterne und tanzten ... Ich überlegte, wo Laura wohl jetzt, in dieser Minute, sein könnte. Mir war ganz weich. Ganz sonderbar. Und fast ein bisschen schlecht vor Hoffnung.

Später, keine Ahnung wie wir da hingekommen sind, saß ich mit Annelen im Theatercafé, um uns klapperten Tassen und Gläser und Bestecke, das Licht war irgendwie hart, und die Steinplatte des Tischchens, an dem wir saßen, eiskalt. Ich lehnte mich zurück, um mit meinen Armen nicht dranzukommen. Anne blätterte wild und mit erhitzten Wangen im Programmheft, und sie redete unentwegt. Ein kleiner Schreck durchfuhr mich, schnell zog ich mein Heft vom Tisch und wollte es in die Tasche meiner grauen Flanelljacke gleiten lassen. Es passte nicht hinein; ich rollte, drückte und quetschte es zusammen, bis es dann doch ging. Auf gar keinen Fall sollte Anne es aufschlagen können, um irgendetwas zu vergleichen oder mir zu zeigen ...

»Ist das nicht einfach ge-ni-alisch? Und wie der zum Schluss in der Versenkung verschwindet, verwunschen und verdammt, und dabei hat er selbst bis zum Schluss nicht ... Hier, im Auszug aus dem Libretto, da steht ... Moment ... Ja!:

Komtur: Bereue!

Don Giovanni: Nein!

Komtur mit Leporello: Doch!

Don Giovanni: Nein!

Komtur: Ach, die Frist ist abgelaufen. (Komtur ab.)

Und jetzt, jetzt!

Don Giovanni: Welch ungewohnter Schauer ...

Chor (von unten, dumpf): Für deine Schuld ist all das wenig. Komm, dir steht Schlimmeres bevor!

Und jetzt, Charly:

Don Giovanni: Was durchfleischt mir die Seele! Was durchwühlt mein Gedärm! Welche Pein, oh weh, dieses Toben!

Und dann: Rattert er ab, direkt in die Hölle! Ist das nicht großartig?«

»Ja«, sagte ich abwesend. »Das ist großartig. Warum liest du das, wir haben's doch eben gesehen ...!«

»Sag mal, Charly, Charlotte, was hast du eigentlich? Natürlich haben wir es eben gesehen, aber ich wollte es dir nur ... Nerve ich dich? Du warst doch genauso hin und weg wie ich!«

Jetzt war Anne beleidigt, und zwar ernsthaft.

»Nein, nein!«, sagte ich rasch. »Du nervst mich doch nicht. Ich meine, es war alles nur so ...«

»Was hast du, Charlotte?«

»Nichts.« Meine Stimme klang ziemlich leise.

»Deine Augen sind so komisch. Irgendwie schaust du ganz anders! Hast du geheult?«

»Ja.«

»Warum denn?«

»Weil ... weil die Musik so schön war.« Nein, ich konnte es nicht erzählen. Ich konnte es einfach nicht. Was immer es war, das mich so aufwühlte, es gehörte mir ganz allein.

»Echt? Deswegen?«

Ich nickte und bestellte mir schnell einen Tee mit Zitrone. Anne sah mich ergriffen an. In diesem Augenblick, glaube ich, habe ich ihr mächtig imponiert.

Ziemlich schweigsam fuhren wir nach Hause, im Taxi,

das mein alter Herr spendiert hatte. Die Gesichter der Stadt tanzten, es regnete leicht. Die Uhr des Taxis leuchtete grün in der Dunkelheit; es war noch nicht Mitternacht. Ich fror ganz leicht und zog meine Jacke fester um mich. Das Programmheft drückte mir fest in die Rippen.

»Gute Nacht, Anne«, sagte ich, als sie aus dem Wagen stieg. »Nochmals: Alles Liebe zum Geburtstag.«

»Danke. Es war toll. Vielen Dank.«

Wenn einer Danke sagen muss, dann bin ich das, dachte ich in dem Augenblick. Und fast tat mir Anne, wie sie da in ihrem schwarzgoldenen Kleid unter dem dunklen Mantel am Straßenrand stand und der Regen in ihre Hochfrisur nieselte, ein bisschen Leid. Aber nur fast.

Die Wochen danach flossen so dahin, und es passierte: nichts. Ich verbrachte meine Zeit wie in einer Betäubung. Ab und zu dachte ich an Laura, aber ich lebte mit Hans, genauer gesagt: als seine Freundin, als wäre nichts gewesen. Wir, Hans und ich, gingen ins Kino, wir aßen Hamburger und trafen Freunde, ich lernte für die Schule und hatte gelegentlich Krach zu Hause wegen meiner angeblichen Faulheit ... Meine Welt war wie immer, äußerlich zumindest. Aber in Wahrheit, nur ich wusste das, war alles ganz anders. Der Abend in der Oper, die Begegnung mit Laura, waren jetzt ein Teil von mir. Mein Geheimnis. Das

Programmheft bewahrte ich in meiner Schreibtischschublade auf, manchmal zog ich es unter meinem Tagebuch hervor und sah es mir an ... diese Schrift. Und dann erklang in mir wieder die Musik von Don Giovanni.

Nachts träumte ich immer öfter von Laura. Ich sah ihr Gesicht ganz deutlich vor mir, und sie sagte etwas, aber ich konnte es nicht verstehen. Manchmal glaubte ich, sie auf der Straße entdeckt zu haben, mein Herz stockte dann immer, und ich ging schneller weiter, auf irgendeinen Rotschopf zu oder ihm hinterher – der dann doch nie Laura, sondern eine Fremde war, die ihr in nichts, aber wirklich gar nichts ähnelte, außer durch die roten Haare. Ich dachte so langsam, dass Rot wohl gerade die absolute Mode sein musste, jedenfalls sah ich diese Haarfarbe dauernd, alle Frauen schienen so herumzulaufen wie Laura.

Ungeheuer diätische Erfolge hatte ich in dieser Zeit! Ohne mehr als gewöhnlich auf mein Gewicht zu achten, nahm ich beinahe drei Kilo ab, und die Jeans Größe 36 begannen zu schlottern. Meine Augen sahen aus, als hätte ich ein seltsames Fieber, ich hatte aber keines. Manchmal fühlte ich mich ganz unglaublich glücklich, wenn ich alleine war. Dann stand ich vor dem Spiegel und betastete meine Brüste ganz zart, viel zarter als Hans, und berührte sie, als wäre ich mir selber fremd. Dann träumte ich ein bisschen, mit offenen Augen. Von einer Liebe, die mich so versteht, wie ich bin, die mich ganz kennt, von einer sehr zärtlichen Hand ... Es war seltsam, und hinterher war ich mir selber nicht geheuer.

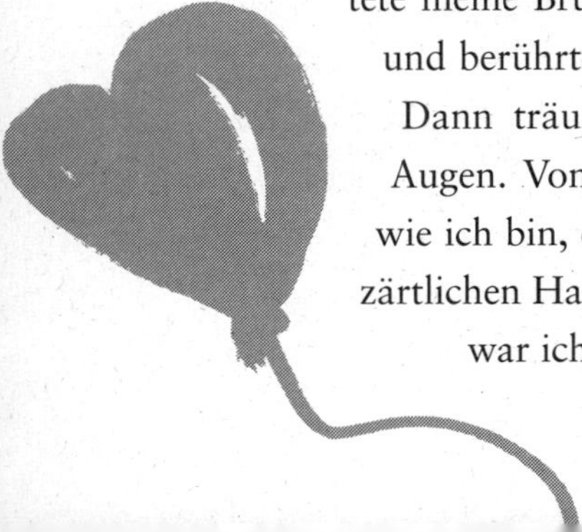

Annelen war neidisch auf meine schlotternden Jeans, und ich erzählte ihr total großartig von meinem neuen Ernährungsplan, der lediglich Gummibärchen und weiße Schokolade nicht auf der Liste hatte, sonst aber alles, vor allem jede nur erdenkliche Süßigkeit. Es war die reine Bosheit von mir, und ich kann euch nicht einmal genau sagen, warum. Anne war skeptisch, aber angesichts der Erfolge meiner »Diät« und weil ich absolut nicht lockerließ mit diesem Blödsinn, probierte sie es dann doch und aß eine ganze Woche lang riesig viele Kalorien in sich hinein und fand die »Diät« toll, bis sie sich auf die Waage stellte. Dann gab es gewaltigen Zoff, und ich war der Meinung, dass Annelen so doof ja nun wirklich nicht hätte sein können, sondern dass ihr dieser Vorwand gerade recht gewesen war, um ihren türkischen Honig und was weiß ich noch was weiterzufuttern. Eine idiotische Geschichte, aber wir hatten ernstlich Krach deswegen. Sie nannte mich »bekloppt« und »in letzter Zeit völlig durchgedreht«. Dann war ich beleidigt, und wir sprachen nicht mehr miteinander.

In Wirklichkeit hatte Anne natürlich schon ein wenig Recht. Ein wenig sehr, vielmehr. Ich war tatsächlich wie verrückt, auf eine ganz leise Art. Nichts passte mir mehr. Die Schule sowieso nicht, das Café nicht, Hans auch nicht. Ich hatte viel Ärger mit ihm, kleine Zankereien, die manchmal sogar böse ausgingen. Dann rannte ich aus seinem Zimmer und hinaus in die Dunkelheit des Dezembers, der angebrochen war; manchmal hatten wir uns noch nicht einmal geküsst. Wir schliefen weniger miteinander, und ich nahm zum Vorwand, dass ich Bauchschmerzen oder Kopfweh oder meine Tage hätte. In meinen Nächten aber, in meinem Zimmer ganz allein, da erlebte ich viel Zärtlichkeit mit diesem unbekannten Spiegelmenschen in mir, der mir die Hände führte. Er war ganz sanft, unendlich sanft und geduldig und hatte viele Stunden Zeit für mich, sprach mit mir, wollte etwas von mir wissen und streichelte mich dann wieder. Manchmal war sein Körper der einer Frau, und die Vorstellung, seine Brüste zu berühren wie meine eigenen, die Brustspitzen hart werden zu lassen unter meinen Händen, war sehr aufregend für mich und, wenn ich alleine war, überhaupt nichts Seltsames. Wenn ich am nächsten Tag dann Hans traf, musste ich immer etwas an ihm auszusetzen haben; es war wie ein Zwang, und manchmal tat er mir richtig Leid deswegen, aber ich wollte ihm die Wahrheit nicht sagen und beharrte auf irgendetwas Lächerlichem, das ich »nicht gut« an ihm fand. Ich bekam komische Pickel auf der Stirn, ganz kleine, aber sie ärgerten mich furchtbar; meine Pubertät war doch nun wirklich schon seit einem Jahr vorbei! Ich wollte nicht wissen, was der eigentliche Grund für alle diese Veränderungen war, aber ich ahnte ihn manchmal und schob ihn wieder weg. Ich wollte nichts ändern, ich konnte es nicht, ich war unfähig zu handeln.

Am Nikolaustag, gegen sechs Uhr abends, war ich entschlossen, den Streit mit Annelen zu beenden. Zum ersten Mal, seit wir Kinder waren, hatten wir uns kein kleines Geschenk zugesteckt in der Schule, und ich war ganz traurig gewesen deshalb. Ich kaufte im Laden an der Ecke bei uns einen kleinen Nikolaus aus weißer Schokolade, zum

Glück hatten sie noch einen, und schrieb ein Kärtchen dazu, das ich ihm an den Bauch klebte und auf dem stand: Er macht genauso dick wie alle anderen! Und darunter, ganz klein: Verzeih mir, weil Nikolaus ist. Charlotte. Da es sich um eine Versöhnung handelte, brachte ich den Nikolaus persönlich zu Gerstners und stellte ihn nicht einfach vor die Haustüre. Ich klingelte, und mir war ein bisschen mulmig. Plötzlich fand ich mich nämlich selber doof, wie ich da stand, so doof wie in der ganzen Sache mit dem »Diätplan«. Frau Gerstner machte die Türe auf und sagte ziemlich lieb, Anne sei leider nicht da; sie habe noch eine zusätzliche Gitarrenstunde, weil doch bald Weihnachten sei. Ich nickte. Anne spielt wirklich gut Gitarre und gibt bei jedem Fest ein Extraständchen für ihre Familie, jedes Mal mit noch schwereren Dingern, und alle sind überzeugt, dass sie einmal Musik studieren wird. Sie übt wie blöd und könnte manchmal ihr Instrument an die Wand knallen, aber dann übt sie doch wieder weiter. Irgendwie ist das auch toll. Ich habe keine solche Passion, nichts so Konkretes; ich sitze nur immer wieder nachts am Fenster und seh die Sterne an und will wissen, ob ich die Unendlichkeit eines Tages begreifen kann ...

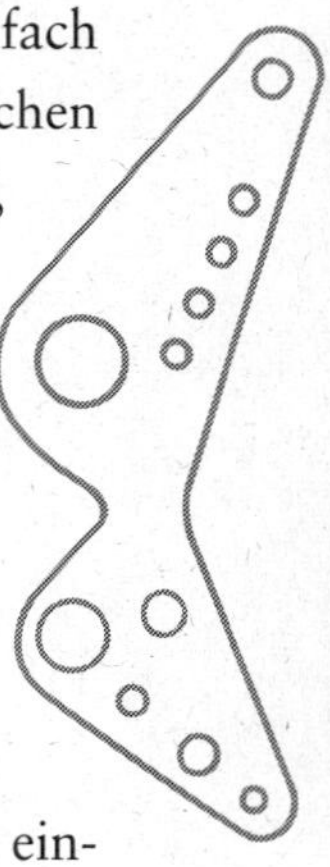

»Du kannst aber gerne hereinkommen und in der Küche auf Anne warten! In einer guten halben Stunde müsste sie zurück sein, eigentlich.«

Ich überlegte kurz und stand ein bisschen ratlos herum, in der Affenkälte vor Gerstners Haustüre.

»Na, komm schon rein! Ich habe Tee für dich.«

Annelens Mutter trat einen Schritt in den Hausflur zurück und machte die Türe richtig einladend weit auf. Ein warmes Licht kam aus dem Flur, und plötzlich sah ihre schmale Gestalt wie ein Scherenschnitt aus, ein sehr schöner. Ich nickte und murmelte etwas wie ein Dankeschön und ging hinein. Frau Gerstner schloss hinter mir die Haustüre, nahm mir meine rot karierte Clochardjacke ab – aus ganz dicker Wolle, riesige Knöpfen –, dann ging sie vor mir her in die Küche, und ich folgte, wohlig in der Wärme schauernd, den kleinen Nikolaus für Anne in der Hand. Ich stellte ihn auf den Küchentisch und setzte mich zu Frau Gerstner. Sie hatte gerade Gemüse geputzt, als ich klingelte; jetzt nahm sie diese Arbeit wieder auf, mit zierlichen Bewegungen, die sehr schön und friedlich aussahen. Meine Mutter putzt nie Gemüse. Entweder sie kauft es schon fertig oder eingefroren, oder sie lässt es Dienstags oder Donnerstags die Zugehfrau vorbereiten. Es gibt eben grundsätzlich Tätigkeiten, die meine Ma irgendwie zu ekeln scheinen. Der Tee, den mir Frau Gerstner eingoss, schmeckte kräftig und gut. Ich trank ihn in kleinen Schlucken und sagte nichts. Annes Mutter summte ein wenig vor sich hin, ganz leise, während ihre Hände ruhig weiterarbeiteten.

»Sag mal, Charly ...«, sagte sie dann.

»Charlotte, bitte.«

»Ach ja, das hat Anne ja gesagt.« Frau Gerstner lächelte. »Charlotte. Also, sag mal ...« Jetzt ließ Annes Mutter eine Hand voll geputzter Bohnen in einen mit Wasser gefüllten Kochtopf gleiten, »was ist los mit dir, in letzter Zeit?«

Ich sah verdutzt in das hübsche und weiche Gesicht vor mir, das schon einige Falten hatte, aber immer irgendwie vergnügt aussah, auf eine ganz stille Art. Frau Gerstner holte eine neue Hand voll Bohnen aus einer braunen Papiertüte und legte sie vor sich auf das Holzbrettchen. Von dort nahm sie jede einzelne Bohne in die Hand, schnitt das obere und das untere Ende mit einem Messer ab und behielt die fertigen gleich in der linken Hand, bis die so voll war, dass sie die Finger fast nicht mehr zum Weiterarbeiten bewegen konnte. Dann legte sie die Bohnen in den Topf mit Wasser und fing wieder an, ihre Hand mit geputzten anzufüllen. In all ihrer Ruhe war sie ziemlich rasch, fand ich, und es beruhigte mich seltsam, ihr zuzusehen.

»Was soll denn los sein?«, fragte ich vorsichtig.

»Das frag ich dich doch. Ich beobachte es schon länger; irgendetwas stimmt doch nicht mit dir.«

»Nee, nichts, ehrlich nicht.« Ich konnte Frau Gerstner nicht ansehen.

»Na, komm schon! Ich bin doch nicht blind.«

Ich schwieg. Annelens Mutter schwieg auch und putzte weiter ihr Gemüse. Ich musste daran denken, dass Anne sicher bald da sein würde, und irgendwie war mir der Gedanke unangenehm, obwohl ich doch gekommen war, um ihr den Nikolaus persönlich zu geben. Der stand jetzt mir gegenüber, ganz klein und frech, und glotzte mich an. Er sah saublöd aus. Ich schwieg.

»Ärger mit Hans?«

»Nee. Nein, eigentlich ... eigentlich nicht.«

Dann war wieder Stille in der Küche. Man hörte nur das

Ticken einer Uhr und die leisen Gemüseputzgeräusche von Annelens Mutter.

»Frau Gerstner ...«

»Ja?«

»Können Sie sich eigentlich ... Können Sie sich vorstellen, dass ...« Ich sah Annes Mutter genau an, aber sie arbeitete weiter und erwiderte den Blick nicht, »... dass man sich in ... dass ich mich in eine Frau ... dass sich ein Mädchen in eine Frau verliebt? Können Sie sich so etwas vorstellen?«

Frau Gerstner ließ eine Hand voll fertiger Bohnen in den Wassertopf gleiten, und dann sah sie mich an, ganz freundlich und ruhig, und sagte einfach: »Ja.«

Dann arbeitete sie weiter, genauso ruhig wie vorhin. »Ist dir das passiert?«

»Ja«, sagte ich. Jetzt sagte ich einfach »Ja«.

»Wer ist es?«

»Eine ... Sie heißt Laura. Sie ist vierunddreißig.«

»Das ist ein großer Altersunterschied.«

Ich nickte, irgendwie beschämt, und wusste gar nicht so recht, warum eigentlich. Wieder schwiegen wir.

»Weiß es Hans?«

»Nein!«, sagte ich heftig. »Natürlich nicht! Auch Anne nicht, meine Eltern nicht, keiner! Nur Ihnen habe ich bisher davon erzählt.«

Frau Gerstner nickte und sah mich an, ziemlich ernst. Dann lachten ihre Augen plötzlich. »Es weiß also nicht einmal Laura, liege ich da richtig?«

Ich nickte und sah auf die Tischdecke.

»Wo hast du sie getroffen?«

»Im Café.«

»Und ... wie oft gesehen?«

»Zweimal. Einmal noch nach dem Café, auf der Straße, zufällig.«

»Zufälle, daran glaube ich nicht. Es gibt sie nicht, das glaube ich.«

Frau Gerstner wird nie in diesem Leben fertig werden mit dieser nervigen Bohnenputzerei, dachte ich auf einmal, nie wird sie das! Und ich zerdrückte einen einsamen Krümel auf der Tischdecke, und nichts, nichts änderte sich. Das Schweigen, das Ticken der Uhr, die Gemüseputzgeräusche. Und Anne würde bald kommen.

»Frau Gerstner!«, platzte ich auf einmal heraus. »Sie können jetzt doch hier nicht einfach Gemüse putzen, unentwegt in aller Ruhe, während ich ... Ich meine, Sie haben überhaupt nichts dazu zu sagen, dass ich mich in eine Frau verliebe, nichts, als dass da ein großer Altersunterschied besteht?!«

Annes Mutter schüttelte den Kopf und sagte ziemlich leise: »Nein. Eigentlich nicht, nein. Es gibt ein paar Probleme, Charlotte, aber die sind nur äußerlich, sie sind nicht wirklich relevant. Entscheidend ist doch, dass du deine Laura wirklich gern hast und sie dich ... dann ist das alles doch eine klare und im Grunde einfache Sache.«

»Es ist nicht einfach!« Ich schrie mein Gegenüber beinahe an.

»Ach, doch.« Frau Gerstner stand auf, offenbar hatte sie endlich genügend

Bohnen beisammen, und setzte den Topf auf eine Herdplatte. Wie sie sich mit dem Rücken zu mir so vornüberbeugte, dachte ich, dass sie einen sehr schönen Nacken hat, irgendwie gar nicht wie der einer verbitterten Mutter, die sich für nichts anderes als sich selbst interessiert oder die »das in Mitteleuropa Übliche«, wie mein Vater es – was eigentlich? – immer zu nennen pflegt, vehement verteidigt. Nein, sie hatte den Nacken einer sehr jungen Frau; dabei war sie mindestens vierzig. Plötzlich, ich schreckte richtig aus meiner Betrachtung auf, drehte sie sich wieder zu mir um.

»Du lebst, was du leben willst. Versäume keine Sehnsucht, das rate ich dir! Wenn ihr euch lieb habt, anders als einfach nur so, dann sollt ihr es auch tun. Ungewöhnliche Menschen gehen nicht selten ungewöhnliche Wege; nur das hat uns vom Mittelalter befreit. Lebe, was du leben willst, und mach daraus kein unnötiges Geheimnis, Charly. Aber pass auf mit der Bosheit der Leute! Ein bisschen besser, ein bisschen liebenswürdiger, ein bisschen klüger musst du immer sein als andere. Netter und offener einfach. Nur das nimmt der Tratscherei und dem Hinterhalt die Kraft. Das ist meine Lebenserfahrung. Vergiss es nicht!«

Bei diesen Worten sah sie mich sehr fest und warmherzig an, fast wie eine Verschwörerin, und mir wurde ganz sonderbar. Ich nickte und schluckte, mir steckte ein Kloß im Hals. Plötzlich wurde mir die ganze Anspannung der letzten Monate bewusst. Wir schwiegen.

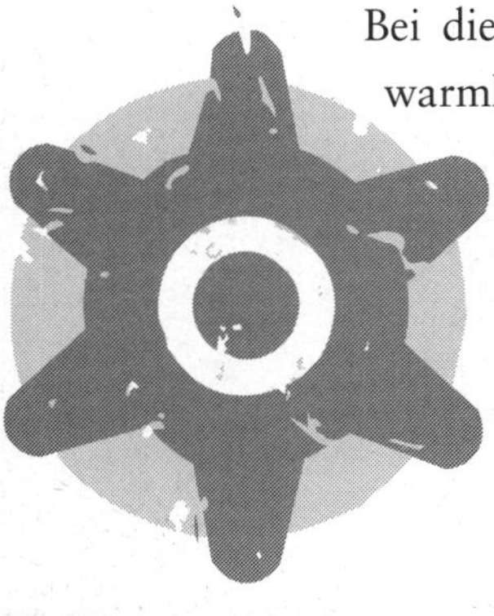

»Frau Gerstner«, ich räusperte mich, aber meine Stimme klang trotzdem gequetscht. »Sie sagen niemandem etwas, nicht wahr?«

»Wenn du es nicht willst – nein.«

»Danke.«

Frau Gerstner nickte und lächelte ein seltsames Lächeln. Wie meine Mutter, wenn sie von ihrer Tanzstundenzeit erzählt, irgendwie wehmütig und verklärt. Bei Frau Gerstner war noch etwas anderes im Lächeln, ein leiser Zug von Schmerz, oder ich bildete es mir ein. Dann riss ich meinen Blick weg von ihrem Gesicht. Ich konnte irgendwie nicht länger hinsehen, atmete laut tief ein und packte den Nikolaus. Dann fragte ich nach einem Stift, Annes Mutter gab mir einen, und ich schrieb auf das Kärtchen an Annelen ein PS.:

»Ich hab dich lieb, trotz der blöden Streitereien.« Dann stand ich auf und zog meine Jacke an, total schnell.

»Frau Gerstner, ich muss jetzt sofort gehen. Ich will nicht ... Geben Sie das Anne!«

Frau Gerstner nickte und lehnte am Herd, ein zerbrechliches, kleines Hausfrauendenkmal. Bestimmt roch sie nach Lindenblüten, wenn man ihr näher kam.

»Tschüss«, sagte ich burschikos und drückte ihr schnell mal eben die Hand.

»Auf Wiedersehen, Charly.«

Das Charly hörte ich gerade noch, da war ich längst schon im Hausflur und öffnete im nächsten Moment die Türe. Sofort darauf fiel sie hinter mir zu – und ich war draußen. Schnell lief ich durch den Garten, fast rannte ich, rannte nach Hause. Es ist alles ganz einfach, dachte ich, im Grunde ganz einfach. Einfach, einfach, einfach!

Zu Hause riss ich die Türe zu meinem Zimmer auf; ich zog nicht einmal die Jacke aus und warf sie wie sonst auf mein Bett, das hasst meine Mutter so, ich zog sie jetzt nicht einmal aus, sondern setzte mich sofort an den Schreibtisch und schrieb – an Laura: »Liebe Laura, du weißt ... vielleicht ...« Dann wusste ich nicht weiter. Ich wusste nicht mehr, wie ich das aufs Papier bringen sollte – das, was Laura wahrscheinlich sowieso schon wusste ...

Ich zerknüllte das Blatt, warf es auf den Boden, holte ein neues aus der Schublade und fing noch einmal an:

»Liebe Laura!«

Dann starrte ich in die Luft und begann, an meinem Füller herumzulutschen. Mensch!

»Liebe Laura ...!«

Ich riss mich zusammen. Ich muss einfach darauf losschreiben, das ist es, sonst wird das nie was! Also:

»Liebe Laura!«

Das steht schon da; jetzt aber – darunter!

»Es ist schön, dass wir uns ...«

Scheiße! Dass wir uns was? Denkt sie überhaupt noch an mich? Erinnert sie sich überhaupt noch an »Don Giovanni«? Was, wenn nicht? Ich ... Mache ich mich vielleicht lächerlich? Nein, das wollte ich keinesfalls; blitzschnell zerriss ich auch den zweiten Briefanfang. Dann seufzte ich und packte meine Schreibsachen weg.

Ich stand auf; mein Herz klopfte ganz laut. Sorgfältig zog ich meine Jacke aus und hätte sie in Wahrheit in dem

Moment zerreißen können! Ich ging hinunter und hängte sie brav an die Garderobe. Dann holte ich mir Schokolade aus dem Kühlschrank und ging ins Wohnzimmer. Ich schaltete den Fernseher an. Ein kleines Micky-Maus-Ballett hopste und quiekte über den Bildschirm. Ich schaltete wieder aus. Mit der Schokolade ging ich in mein Zimmer zurück. Dort zog ich meinen Walkman über und hörte »Chris de Burgh – live from Dublin«, meine Lieblingskassette, volle Lautstärke. Den Rest des Abends, außer dass ich mich kurz zum Abendessen dazusetzte, träumte ich in meinem Zimmer vor mich hin und hoffte, dass Hans nicht anrufen würde. Er rief nicht an.

Vier

Vier Tage später passierte es. Wenn ich heute so daran zurückdenke, frage ich mich wirklich, ob es Zufälle gibt oder vielmehr: Ich frage es mich nicht mehr. Ich war in einem Schreibwarengeschäft in der Innenstadt und wollte ein riesig breites, knallrotes Geschenkband kaufen, für Jos Weihnachtsgeschenk, es musste unbedingt sehr breit und knallrot sein, nicht rot, sondern knallrot. Und genau das gab es nicht in dem Geschäft. Die Verkäuferin wollte mir erst alle ihre anderen Bänder aufschwatzen, dann aber gab sie es auf und sagte, dass ich es auf dem Weihnachtsmarkt, nur fünfzig Meter weiter vor dem Rathaus, probieren sollte; die hätten ganz sicher so etwas. Ich war schon gleich bei der Eröffnung mit Hans auf dem Weihnachtsmarkt gewesen und wollte eigentlich nicht schon wieder hin, die Buden anzugucken ist zudem nur zu zweit lustig, dann aber ging ich wegen Jos knallrotem Geschenkband doch hin. Der Weihnachtsmarkt roch nach Glühwein und Zimt, nach Lebkuchen und gebrannten Mandeln. In der Nacht war dick der erste Schnee gefallen, und es sah richtig weihnachtlich aus. Die Luft war kalt und tat beim Atmen fast weh im Rachen. Ich zog meinen Mantel fester um mich und ließ mich im ruhigen Strom der Weihnachtsmarktbummler einfach mittreiben. Von irgendwoher sang ein Kinderchor Weihnachtslieder; es klang nicht, als käme es vom Band, und ich beschloss, einfach um ein Ziel zu haben, bis zur Rathaustreppe vorzutreiben. Vielleicht standen die Kleinen dort und freuten sich über Besucher, die ein wenig zuhören kamen. Unterwegs konnte ich ja die Buden angucken; irgendeine würde ja wohl ein knallrotes, breites Geschenkband haben. Ich war traurig, und ich wusste eigentlich gar nicht richtig, warum. Ich hatte das Gefühl, nirgendwohin zu gehören, als würde ich zwischen allen Stühlen sitzen und zwischen allen Welten leben. Meine bunte Mütze lag fest über meinen Ohren, eine runde, einfach gestrickte Mütze, natürlich ohne Bommel, und ich hörte meinen Atem ganz merkwürdig in der Stirn, wie das im Winter manchmal so ist, wenn man die Ohren zuhat und Schnee liegt.

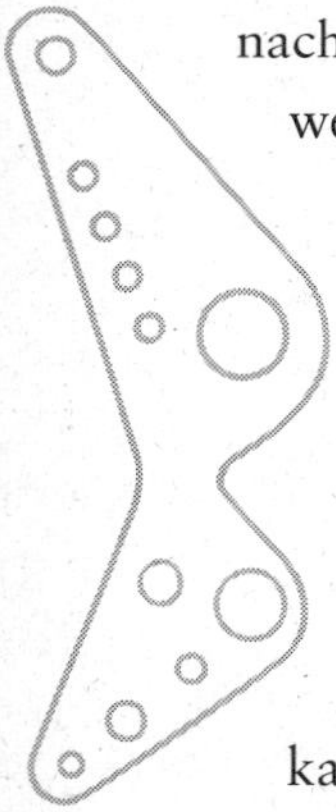

Ich dachte, dass jetzt bald Weihnachten wäre und sich im Grunde an nichts etwas geändert hatte; ich dachte daran, wie wir zu Hause unter dem nadelnden Tannenbaum sitzen würden und mein Vater wieder mit der Erinnerung an die harten Nachkriegsjahre anfangen würde, ohne die Weihnachten für ihn kein Weihnachten ist, und wie meine Mutter alle möglichen feinen Salätchen für uns gerichtet haben würde und wie sie beide, Ma und Pa, uns, Jo und mich, wieder mächtig beschenken würden und wie Mama dabei doch irgendwie ein bisschen traurig wirken würde, und ich dachte an Onkel Werner, der sicher da sein und mit meinem Vater streiten würde wie fast in jedem Jahr, und ich fragte mich, was ich meinem Vater eigentlich schenken sollte ... und dann sah ich: Laura! Sie musste aus entgegengesetzter Richtung das Gässchen zwischen den Buden entlanggekommen sein, genau das Gässchen, in dem auch ich ging. Ohne es zu wissen, waren wir uns entgegengegangen! Mir schlug das Herz auf einmal ganz schnell. Laura stand an einer Bude und betrachtete eine Marionette aus Holz, hielt sie in ihren Händen. Laura! Sie war es. Es bestand überhaupt kein Zweifel daran, ich sah ganz genau hin. Dann gab sie die Marionette in die Bude zurück und sagte etwas zu einer Frau, die neben ihr stand, und die beiden lachten.

Ich wollte gerade den Mund aufmachen, ich wollte »Laura!« rufen, aber es war wie im Traum, wenn man die Kieferknochen keinen einzigen Millimeter auseinander bringt, obwohl man eigentlich brüllen möchte. Ich versuchte gerade, trotz des blöden Traumgefühls ganz laut zu rufen, zu brüllen; da sah ich, wie Laura die Frau neben sich an die Hand nahm und mit ihr weiterging, mir entgegen. Mich sahen sie nicht.

Sie schlenderten langsam, betrachteten die Auslagen auf ihrer rechten Seite, und sie gingen noch immer Hand in Hand. Hand in Hand. Ich sah genau hin auf diese Hände, wie hypnotisiert. Sie waren nackt und ineinander gefaltet.

Die Handflächen mussten sich berühren. Die Handfläche von Laura und die von dieser anderen Frau. Mein Herz machte einen Satz, und plötzlich war mir schlecht. Ich stand da wie gelähmt. Das Hand-in-Hand-Gespenst kam immer näher. Ich sah diese Frau an, die Frau neben Laura. Sie war gut zehn Jahre älter als ich und hatte kurze, hellblonde Haare, geschnitten wie bei einem Jungen, und wenn die Frau lachte, hatte sie tiefe, hübsche Grübchen in ihrem schmalen Gesicht; das konnte ich aus der Entfernung ohne große Probleme erkennen und auch die vergnügten Augenschlitze, aus denen sie Laura ansah. Diese Frau war viel, viel, viel hübscher als ich! In derselben Sekunde, als ich das dachte, sah Laura mich. Ruckartig blieb sie stehen und starrte mich an, etwa fünfzehn Meter von mir entfernt. Sie lächelte nicht, sie lachte nicht mehr, sie wirkte nur total erschreckt, obwohl sie es gut verstecken konnte. Die neben ihr bemerkte nichts, die sah sich irgendeinen Glitzerkram an, und ich sah in Lauras Augen. Lange. Dann rannte ich weg. Ich drehte mich um und rannte ganz einfach weg. Weg, weg, weg, weg! Wohin, egal, erst einmal weg hier, dann, ja, in Richtung Bushaltestelle gleich hinter dem Platz. Ich rannte fast den ganzen

Weg dorthin und schaute mich unterwegs um, ob mir vielleicht jemand folgte. Einen irren Moment lang wünschte ich mir, Laura würde mich verfolgen und mich einholen, sie würde mich fest halten und mir einen Kuss auf die Lippen pressen. Es folgte mir aber niemand. Niemand. Alle Menschen hinter mir sahen ruhig und gleichgültig aus, gingen ihren, nicht meinen, nicht unseren Weg. Laura. Laura! Mein Inneres schrie, und ich war ganz still; beinahe fing ich an zu heulen. Laura Eving, du bist eine Betrügerin. Eine Lügnerin. Du bist eine Spielerin. Wegen dir, dachte ich, als ich wie verirrt an der Haltestelle stand, wegen dir, Laura Eving, habe ich mich vor mir, habe ich mich vor Frau Gerstner so entblößt! Wegen einer Betrügerin! Und ein rotes Band für meinen Bruder habe ich auch nicht, nicht einmal das! Egal, rot ist sowieso das Letzte, aber wirklich das Allerletzte! Sie hat mich nur auf den Arm genommen, sie hat sich nur einen Spaß erlaubt mit mir. Und ich, ich blöde Kuh, ich hab geglaubt, ich bin verliebt! Im Bus fing ich zu weinen an, aber gesehen hat es zum Glück keiner.

Sobald ich zu Hause war, die Haustüre aufschloss, wurde mir so, als wäre ich aus Blei. Ich war auf einmal todmüde. Meiner Mutter sagte ich, mir sei nicht gut, sie schaute ganz besorgt auf, aber sie sagte nichts, und dies eine Mal war ich ihr für ihre kühle Art, die sie Diskretion nennt, dankbar. Ich ging hinauf und schloss die Zimmertüre hinter mir ab. Dann ließ ich mich im Mantel auf mein Bett fallen. Und dann heulte ich richtig los. Als ich mich beruhigt hatte, wenigstens so halbwegs, packte mich die Wut. Ich sprang auf, riss mir den Mantel vom Leib und ließ ihn auf den

Boden fallen. Dann setzte ich mich an meinen Schreibtisch und zog mit beiden Händen die Schublade auf, dass das Holz nur so knackte. Ich fledderte das Programmheft hervor und blätterte hastig darin, bis ich die Stelle mit der Schrift gefunden hatte. Ich zog einen Umschlag hervor und schrieb Lauras Adresse darauf, mit großen, wütenden Buchstaben. Dann schmierte ich auf irgendein Blatt Papier: Du hast mich belogen, Laura Eving. Ich will dich nie wieder sehen. Charlotte. Ich wusste, sie würde genau verstehen, wie ich es meine. Ich klebte den Umschlag zu, mit viel zu viel Spucke, und knallte eine Briefmarke drauf. Ich stand auf, wütend, und zog meinen Mantel wieder an. Dann ging ich aus dem Zimmer, um den Brief am Straßeneck einzuwerfen. Ich schmiss die Tür ins Schloss. Halt! Sofort darauf kehrte ich um, ging zurück in mein Zimmer an meinen Schreibtisch und nahm den Füller noch einmal in die Hand. Ich setzte mich nicht, zögerte plötzlich; und dann schrieb ich es doch, hinten auf das Kuvert: Charlotte Schaeffler, Auenweg 12, 79111 Freiburg.

Ich unterstrich es zweimal, und dann ging ich hinaus, ganz schnell, und warf den Brief in den Briefkasten, ganz schnell.

Zwei

Zwei Tage später, es war der 12. Dezember, kam endlich eine Antwort. Natürlich hätte sie keinesfalls früher da sein können, aber gewartet habe ich schon am 11. Genau gesagt ab dem Moment des 10., ab dem der Brief im Postkasten war. Ich verfolgte ihn in Gedanken, sagte mir zwar immer wieder, dass ich in Wirklichkeit wütend bin und nie wieder etwas von dieser Laura Eving hören will; dann aber wieder dachte ich, dass der arme, kleine Brief nun irgendwo in einer blöden Poststelle oder einer Posttasche herumlag und für niemanden auf der ganzen ahnungslosen Welt etwas bedeutete, außer für Laura und mich – und mir wurde ganz wehmütig dabei. Schließlich besann ich mich dann aber doch auf meine Wut. Sicher ist sicher. Ich musste nur an die blöde, blonde Grübchenkuh denken und schon ... Das alles aber half letztendlich doch nichts: Als ich am 11. aus der Schule kam, holte ich sofort bei meiner Mutter den Briefkastenschlüssel. Die Post hereinzuholen ist immer die letzte ihrer täglichen Haushaltsverrichtungen; manchmal tut sie es erst am Nachmittag. An diesem Tag hatte sie noch gar nicht nachgeschaut und gab mir ziemlich abwesend den Schlüssel. Sie bereitete gerade einen Kaffeetisch vor, für irgendwelche Tennisdamen, und wollte sich ehe sie kamen noch ein bisschen hinlegen. Total unauffällig, ganz cool ging ich mit dem Schlüssel zum Gartentor hinaus – und starrte in den leeren Briefkasten wie in eine dunkle Gruft. Nix. Einfach gar nix! Wie auch, sagte ich mir dann, zuckte mit den Schultern und ging, unauffällig, total cool, aber in Wahrheit ziemlich down, ins Haus zurück.

Den ganzen Tag war ich schlecht gelaunt.

Abends bei uns noch etwas einwerfen, nein, das würde Laura wohl ganz bestimmt nicht tun, ich hätte am 11. nach Einbruch der Dunkelheit im Grunde wirklich nicht zu schauen brauchen, aber, wer weiß, vielleicht hatte sie ja ein so schlechtes Gewissen ... Ich holte noch einmal den Schlüssel vom Dielentischchen, auf das meine Mutter immer ihre Sachen ablegt; zufällig sah sie es auch noch, so was Blödes! Sie lächelte. Egal, ich ging noch einmal hinaus ... und schaute missmutig in die gähnende Gruft.

Am 12. dann also kam die Antwort. Mann, war ich erleichtert! Meine Mutter gab mir, als ich nachmittags nach Hause kam, sofort und ohne jeden Kommentar, aber mit einem eigentlich wissenden Lächeln, einen hellgrauen Briefumschlag, er war aus total schönem Papier, fast wie Zeichenpapier so fest, und was das Allerschönste war: Er war an mich adressiert. Frau Charlotte Schaeffler stand da. Frau. Mir klopfte das Herz. Hoffentlich merkte meine Mutter nichts. Tat sie auch nicht, glaube ich. Ich nahm den Brief und düste damit ab auf mein Zimmer. Ma fragte gar nicht mehr, ob ich nicht etwas essen wollte.

Oben knallte ich Jacke und Tasche auf den Boden und

wollte den Brief ganz schnell aufreißen, hielt dann aber gerade noch rechtzeitig inne, ging zu meinem Schreibtisch und nahm meinen Brieföffner, ein Geschenk von Onkel Werner und noch nie im Leben benutzt – jetzt aber! Dies war die richtige Premiere! Mein Herz klopfte. Eigentlich wollte ich Laura ja nie wieder ... Wut und so, nicht wahr, aber in diesem Augenblick war das alles weg ...! Im Inneren des festen Umschlags war ein Papier, so zart wie Seide, ebenfalls hellgrau. Ich faltete es, vorsichtig und atemlos, auseinander. Der Brief trug das Datum von gestern. 11. Dezember. Sie hat sofort, sofort geantwortet. Ich spürte, wie ich eine heiße Stirn bekam, ich hockte mich auf mein Bett, die Beine eng am Körper angewinkelt, und lehnte mich an der Wand an. Der Brief hatte keine Anrede. Da stand einfach nur das Datum, oben rechts, und dann, mein Herz schlug mit jedem Wort, das ich las, schneller:

Das Leben ist nicht so, wie du es dir mit fast sechzehn vielleicht gerne ausdenkst. Es gibt Schmerzen und es gibt Einsamkeit. Und es gibt Tage, da will man die eigene Geduld nicht mehr. Wir zwei aber haben, glaube ich, eine andere, eigene Wahrheit. Gib mir Gelegenheit, sie dir, was mich anlangt, zu sagen. Ich warte auf deinen Anruf. Laura.

Ich ließ den Brief sinken und starrte vor mich hin. Dann las ich ihn noch einmal und der Spiegelmensch strich mir dabei sanft übers Haar. Dann hätte ich plötzlich schreien können vor Glück. Und dann wurde mir schlecht. Ich nahm die blassblaue Decke, die auf meinem Bett lag, weil meine Mutter immer meinte, ich müsste mich nach der Schule eine halbe Stunde hinlegen können, ohne das Bett richtig aufzudecken. Ich nahm also nun die Tagesdecke, die hellbeige und hellblau mit ganz kleinen Blümchen gemusterte und immer ordentlich zusammengefaltete, und breitete sie wie geistesabwesend aus, den Brief wie ein kostbares Geschenk in der linken Hand, und ich verkroch mich unter der Decke, samt Brief. Die eigentliche Wahrheit ... Das Bett schwankte. Sie wartet auf meinen Anruf, Laura. Nein!!! Ich riss die blaue Decke weg und richtete mich auf, saß, kauerte auf meinen Knien, den Brief vor mir, nein, das ist kein Trick, das ist keine Ironie, kein Test, nichts von alledem!

Welchen Grund hätte Laura, mir einen solchen Brief zu schreiben, als den einen, nämlich ... Ich wagte es gar nicht zu denken. Einsam ist sie gewesen. Vielleicht wegen ... Diese blöde Grübchenkuh aber auch! Diese alte Watschelente! Wie die da zwischen den Holzmarionetten einhergewackelt kam, die Hässlichkeit selbst! Laura dagegen war schön anzusehen gewesen, bestimmt gehört sie zu den Menschen, die Tag für Tag schöner werden ... Laura. Und jetzt wartet sie auf meinen Anruf. Jetzt schon, ganz sicher, schon lange! Ich stand auf, Scheiße, ich hatte die Straßenschneeschuhe angehabt, hier auf meinem zart geblümten Bett! Ein mittelgroßer Matschfleck glitzerte mich vom Fußende her an, irgendwie aber sah er auch wie ein Schmuck aus, wie etwas lebendig Glitzerndes, eigentlich ganz schön sogar! Ich wischte ihn aber trotzdem blitzschnell weg, so gut es ging. Matsch hat auf einem Bett nichts zu suchen, fertig, und ich dachte, dass Laura wahrscheinlich sogar schon drei oder vier Stunden auf meinen

Anruf wartete; die Post kommt doch immer so um zehn oder elf Uhr, das weiß Laura doch auch, und jetzt haben wir schon fast zwei Uhr ... Ich nahm schnell meine Jacke vom Boden und zog sie über, dann suchte ich in der Schreibtischschublade das Programmheft mit der Telefonnummer, Mist! Die steht da doch gar nicht drin, nur die Adresse, die Telefonnummer, die hab ich ja ... Ich Trottel! Was jetzt? Im Telefonbuch, genau! Oder? Ich sah mir den Brief noch einmal an, tatsächlich, unten links standen sechs Zahlen, ganz klein fast, aber genauso aufrecht geschrieben wie die Zeilen darüber waren. Das wird, das kann nur die Nummer sein! Laura ist doch nicht blöd und vergisst, mir die richtige Telefonnummer aufzuschreiben, wenn sie sagt, ich soll sie anrufen! Ich muss ins Telefonhäuschen gehen, dachte ich, vorne am Eck, wo ich auch den Brief eingeworfen hatte, denn das alles ging hier keine Menschenseele etwas an. Ich suchte ein paar Zehnpfennigstücke zusammen; am besten wäre, ich hätte so acht oder neun, ein paar gehen ja immer nicht, und dann sprechen wir vielleicht sogar länger ... Man kann es doch nie wissen! Nein, ich überlegte nichts anderes mehr. Ich ging die Treppe zur Diele hinunter, nicht langsam, nicht schnell, ganz einfach hinunter. Ich sagte niemandem etwas und ging hinaus, schlug die Haustüre zu – es klang wie ein Burgtor, das hinter mir zufiel – und marschierte zur Ecke vor. Mir war ganz sonderbar, so still und bewegt, und Angst hatte ich keine. Nur so ein Krabbelflattern im Bauch und Herzklopfen.

»Eving.« Die Stimme klang ruhig und ernst.

»Ja, hier ist ...«

»Ja?« Jetzt klang die Stimme knapp und absolut dringend, irgendwie.

»... Charlotte!«

»Ja!« Lauras Freude hörte ich deutlich heraus, aber sie war von etwas Unbestimmtem verdeckt, wie hinter Glas klang die Freude, ganz verhalten, abwartend. Ist sie nicht allein? Doch. Sie wartet ja schließlich auf meinen Anruf!

»Ich hab deinen Brief bekommen ... Und jetzt rufe ich dich an.«

»Ja«, sagte Laura wieder, und zwar beinahe so, als würde sie gleich noch hinzusetzen: Das merke ich, dass du mich anrufst, ich bin ja nicht blöd – aber sie sagte nur: »Ja.« Sonst nichts. Und dann war Stille. Stille.

»Können wir uns sehen? Ich möchte dich sehen, Charlotte«, sagte Laura dann leise.

Ich kann euch sagen, dieser Satz ging mir durch und durch! Er klang so ... schön und so aufregend, ich kann es gar nicht beschreiben, wie das in meinen Bauch eindrang, wie ein seltsam süßer und irgendwie runder Pfeil, total direkt und mit einem Serum innen drin, das ganz aus Liebe war und Sehnsucht! Sie wollte mich sehen!

»Aber nur ohne deine Freundin!«, sagte ich plötzlich giftig und ärgerte mich sofort darüber, dass ich es gesagt hatte.

Laura blieb gelassen. »Es ist nicht meine Freundin. Das kann man wirklich nicht sagen.«

»Was ist sie dann?«

»Es gibt sie. Es gibt mich. Wir haben uns getroffen, mehr nicht.«

»Wo sehen wir uns?«, fragte ich aufgeregt; ich hatte nur mit einem Ohr zugehört, irgendwie war die Grübchenente mir jetzt aber so was von egal! Ich war das Wichtigste, das spürte ich genau. Das Wichtigste für Laura.

»In diesem Café, in dem wir waren, nach unserem großartigen Kartenkauf, drei Karten für zwei Leute, du weißt schon, ja? Dort?«

»Ja, dort.« Ich atmete aus. »Und wann?« Hat sie vielleicht ... heute Zeit?

»Gleich?«

»Gleich! Halbe Stunde, okay?«

»Okay«, sagte Laura. Okay.

Okay

Okay, okay – es war mehr als okay, es war ... toll! Fast hüpfte ich meinen Weg zurück nach Hause.

Dort sauste ich vor den Spiegel, ich fand mich zufrieden stellend – und hüpfte wieder hinaus. Meiner Mutter erzählte ich irgendwas, und zehn Minuten später war ich an der Bushaltestelle. Der Bus kam gleich. Glück! Unterwegs summte ich ein komisches kleines Lied vor mich hin, ich weiß auch nicht, woher ich es kannte, wahrscheinlich hatte ich es einmal im Radio gehört, da bringen sie ja ständig die bescheuertsten Kisten, der Text zu dem Lied geht so:

Und sage nie, dass eines Tages nicht die Welt ganz anders ist, wer heute fremd ist, es kann sein, dass er schon bald dein Engel ist ... Es war idiotisch! Ehrlich!

Laura war schon da. Fast hätte ich sie umarmt – und ich glaube, sie mich auch. Wir taten's aber nicht. Wir begrüßten uns wie gute Freunde und hielten einander ein paar Sekunden lang an den Unterarmen fest, genauer gesagt, an unseren Pullovern.

»He!«, sagte Laura nur ganz leise, und mir wurde flau im Magen; man ist auf so was ja nie so richtig vorbereitet, wenn einen ein Tonfall ins Herz trifft! ... Dann setzten wir uns. Da konnte sich jeder ein paar Winzigkeiten lang mit sich beschäftigen, mit einem Stuhl, einer Jacke, dem Tischtuch, das eine kleine Falte geschlagen hatte ... Dann ... sahen wir uns in die Augen.

»Wer ist die Grübchenente?«, fragte ich streng im nächsten Augenblick; es musste einfach doch sein, merkte ich.

Laura sah kurz verblüfft aus, dann aber sagte sie ganz ernst: »Sie ist dem Weihnachtsmann entkommen, damit sie nicht gebraten wird. Seitdem schließt sie sich einer Frau an, die nicht besonders gut kochen kann und Tiere nie schlachten würde. Sie ist nett, auch wenn sie nur eine Ente ist. Sie heißt Janine und kann nun wirklich nichts dafür, dass wir uns begegnet sind. Nicht wahr?«

Laura runzelte die Stirn; sie hat ja Falten wie ein besorgter Dackel, dachte ich noch, und dann lachten wir beide los. Wir hatten uns schon verstanden. Ich wusste, was Laura mir sagen wollte, und es machte mich glücklich und stolz. Ich beschloss, den Namen Janine sofort zu vergessen. (Es gelang mir bis heute nicht; ich vergesse ihn natürlich nie!) Dann fragte Laura nach der Schule und nach der Arbeit in meinem Café und wie mir denn »Don Giovanni« gefallen habe, alles auf einmal. Ich zögerte, und dann antwortete ich. Dass ich an diesem Abend in der Oper nur an sie gedacht hatte. Nur an sie. Laura lächelte, fast traurig, und nickte.

»Ich ... bin nach Hause gegangen und habe mir die Platte angehört. Ansonsten, Charlotte, war mein Erlebnis ähnlich.«

Darauf schwiegen wir eine Weile. Ich hätte losheulen können, so hat mich dieser Moment gerührt. Und dann, ohne dass wir es irgendwie wollten oder steuerten, fing ein tolles Gespräch an, total durcheinander und mit tausend Fragen nach allen möglichen Dingen und unseren Meinungen dazu, nach dem, was gut ist und was böse, was der Welt hilft, was sie zerstört – und nach einer guten Stunde sprachen wir über Gott. Laura glaubt, dass es eine höhere Kraft gibt, ein Leben nach dem Tod. Das ist für mich wichtig. Menschen, die daran nicht glauben, die sind irgendwie anders. Mir nicht so nah.

Ich sagte plötzlich ziemlich profan, dass ich glaube, dass Abi-Machen keinen Sinn habe, da waren wir uns aber nicht einig. Laura meinte, ein Abitur wäre das »Tor zu allem«, also das war schon saublöd, wie sie das sagte, diese Formulierung, aber ich verstand, was sie meinte, und das war ja die Hauptsache. (Ich erfuhr erst später, dass Laura kein Abitur hat und dass ihr deshalb manches schwerer war, aber geworden ist sie ja schließlich auch was, also, was soll's ...)

Dann haben wir über Farben und Maler und Romane geklönt, in diesen Dingen ist Laura total zu Hause, und schließlich bestellten wir den dritten Kaffee und wurden ziemlich albern und kicherten ständig – und dann fragte ich es.

»Du liebst Frauen, nicht wahr?«

Laura sah mich an, ganz grün die Augen, ganz gerade der Blick, sie sah weich aus und schön, und sie nickte. Dann sagte sie: »Ja, schon lange. Ich war aber auch mal verheiratet.«

Ich sah in meinen Kaffee und zuckte mit den Schultern, und dann schüttelte ich den Kopf.

»Warum ...?«, fragte ich. Es war leise, und ich hatte auf einmal wieder den Kloß im Hals.

»... ich geschieden bin?«

»Nein!« Jetzt sah ich auf und ihr direkt ins Gesicht. »Warum du Frauen liebst.«

Laura wirkte nachdenklich. »Das kann man nicht beschreiben, glaube ich. Das kann man nur spüren, in sich spüren, erleben ...«

Jetzt machte sie eine vage Handbewegung in das Nichts, wie ein flatternder, ganz samtener Schmetterling sah es aus, eine kleine Bewegung war es nur – und schon wieder vorbei. Man muss ganz genau hinsehen bei ihr, sie macht vieles ganz leise, unscheinbar, zurückhaltend; ihre Hände sehen manchmal so hübsch aus wie die einer Japanerin. Jedenfalls stelle ich mir so Japanerinnenhände vor.

»Ist das nicht ...«

Ich räusperte mich. Laura sah mich gespannt an auf einmal, ganz konzentriert und doch irgendwie ruhig. Fragend runzelte sie die Stirn. Ich setzte noch einmal an.

»Ist das nicht ... problematisch?«

»Ich finde nicht.«

Ein liebenswürdiges Lächeln überzog ihr Gesicht; es klingt bescheuert, aber genau so war es: liebenswürdig.

»Nein, wirklich nicht! Es ist so wenig falsch, schwierig, verboten oder komisch wie die Liebe falsch oder schwierig oder verboten oder problematisch ist, so wenig und so viel. Alles nur eine Frage der Sichtweise. Mehr nicht.«

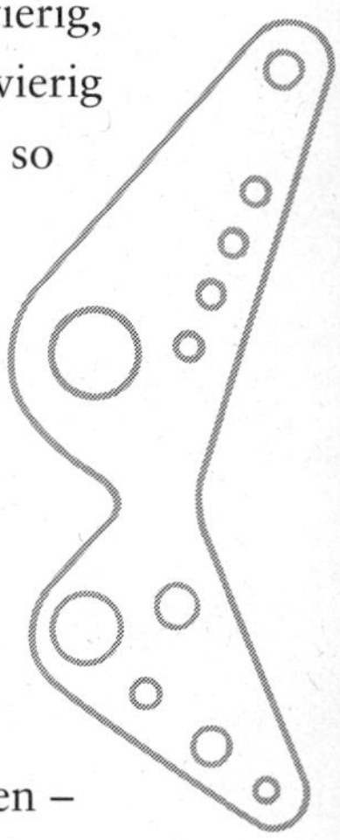

»Was ist denn anders an Frauen?«

»Das kann dir eine nicht beantworten, Charlotte. Ich denke aber, sie lieben vielleicht anders, sie verstehen besser, vielleicht. Vielleicht ist es zarter, enger, schöner mit ihnen, für mich ganz sicher. Ich kann nicht sagen, dass ich Männer nicht mag. Aber ich lebe eben gerne immer so, wie es am schönsten ist, und da sind die Jungs einfach auf der Strecke geblieben – sagen wir mal so. Etwas sonderlich Problematisches kann ich aber darin nicht sehen, etwas Aufregendes schon viel eher ... Weißt du«, Laura beugte sich vor zu mir, »das Aufregendste und vielleicht auch Problematischste, das sind immer die zwei, die sich lieben. Ja? Jede Liebesgeschichte ist die einzige auf der Welt.«

Ich nickte, und mir wurde heiß. Lauras Augen strahlten, ganz sanft. Dann sprachen wir rasch von etwas anderem, von Weihnachten und von Vaters Weihnachtstirade und von Jo und dem knallroten Geschenkband, das uns ja eigentlich auf dem Weihnachtsmarkt zusammengeführt hatte, und einen Moment lang sah Laura ganz traurig aus, dann aber lachten wir sehr schnell wieder über irgendeinen Blödsinn, und dann kam die Kellnerin und sagte, dass das Café jetzt schließe.

»Musst du gleich heim?«, fragte Laura mich leise auf der Straße.

»Jaaa ... eigentlich schon.« Ich druckste herum und wusste gar nicht, was ich jetzt fühlen sollte, wie es mir ging in diesem Moment. Es war alles ein bisschen wirr auf einmal.

»Soll ich dich heimfahren?«

Ich schüttelte den Kopf.

»Musst du heim?«, fragte Laura noch einmal, drängender.

Ich zuckte mit den Schultern.

»Dann geh besser. Wir sehen uns ja wieder. – Wann?«

»Ich weiß nicht.«

Laura sah mich scharf an. »Was heißt, du weißt es nicht!« Ihre Stimme blieb leise.

»Ich weiß nicht ... ob das Ganze ... einen Sinn hat.« Ich kam mir wahnsinnig blöd vor in diesem Moment, als ich so dastand und mir auf einmal ganz elend war.

Plötzlich war ich in Lauras Arm. Ich konnte durch unsere dicken Wintersachen hindurch spüren, wie angenehm mir ihre Nähe, ihr Körper war. Sie fühlte sich weich an und geschmeidig, und sie strahlte auch eine sanfte Kraft aus, etwas Zuversichtliches. Sie sprach entschieden, aber sehr leise. Zehnmal leiser als Hans.

»Hör mal, Charlotte. Wir haben uns bisher nicht verloren, also werden wir es jetzt, glaube ich, auch nicht. Du rufst mich an, du mich, nicht ich dich; das ist sicher besser. Wir sehen uns bald, bitte …«

»Nicht mehr vor Weihnachten!«

Ich war ganz komisch befangen, obwohl ich so gerne in Lauras Umarmung stand; fast lehnte ich mich ein bisschen an sie.

»Ich muss mächtig pauken, weißt du, und da ist auch noch meine Familie, und ich …«

»Du hast einen Freund. Ist es nicht so?« Laura sah mir direkt in die Augen.

Wir hatten über Hans mit keiner Silbe gesprochen. So unwichtig war er geworden, oder so wenig passte er in die Begegnung mit Laura, oder was weiß ich, wie ich das ausdrücken soll, er war sozusagen abwesend gewesen in mir.

Laura sah mich genau an, sehr genau. Ich nickte. Ich sah sie aber nicht an. Und obwohl ich an ihrem Arm vorbei hinunter auf den Schneeweg starrte, konnte ich fühlen, wie sie mich beobachtete. Wie ein Luchs. Dann nahm sie mich plötzlich fester in den Arm. Ich sah auf zu ihr. Ihr Blick war total ernst und absolut präzise, fast hätte er mir Angst machen können, aber dazu war er dann wieder zu liebevoll. Er traf mich ins Herz, total, dieser Blick.

»Hör zu. Ich lass dich. Du brauchst viel Zeit, ich hab's begriffen.«

Laura hielt einen Moment inne. Dann sagte sie, und das

werde ich niemals vergessen, dass sie auf mich warte, keinen Satz davor, keinen danach. Wirklich, sie sagte es so, wörtlich: »Ich warte auf dich.«

Kein Satz davor und keiner danach. Dann ließ sie mich einfach stehen und ging davon. Immer kleiner und kleiner wurde sie in dem Menschengewirr, das ich erst jetzt bemerkte. Dann war sie weg. Verschwunden. Irgendwo in der Richtung, in die ich jetzt starrte, musste ihr Auto stehen. Mir war ganz warm. Ich fühlte mich nicht im Stich gelassen, im Gegenteil. Sie war gegangen, wie damals im Foyer der Oper. Wie damals hatte sie ihrer besten Freundin Platz gemacht, damit sie wirken konnte, nämlich die Zeit. Und wie damals würde ich sie auch dieses Mal wieder sehen, noch mehr mit mir verbunden, sie wieder treffen. Ich stand im Schnee und dachte, dass ich mit Hans reden muss. Sehr bald – oder nie mehr. Ich seufzte. Dann aber dachte ich wieder an Laura. Laura.

Nach dieser Begegnung überlegte ich sehr lang. Es wurde Weihnachten – und ich hatte Laura noch immer nicht wieder gesehen. Das war aber nicht schlimm, denn ich spürte genau: Wenn wir uns wieder träfen, dann wäre damit etwas entschieden. Die Gewissheit, dass Laura auf mich warten würde, machte mich glücklich und ruhig. Keinen Augenblick lang zweifelte ich an ihren Worten. Ich kann euch auch nicht sagen, warum das so war, es war einfach.

Und ohne dass wir darüber richtig gesprochen hätten, war mir nach diesem Nachmittag im Café, nach unserem

Abschied auf der Straße, ebenfalls klar, dass Janine aus Lauras Leben verschwinden würde, oder vielmehr, dass Laura mit ihr Schluss machen würde, sofort.

Janine tat mir nicht einmal Leid deswegen. Und ich hatte auch kein schlechtes Gewissen, Laura so lange ohne Nachricht zu lassen; ich brauchte einfach die Zeit. Ich war mir sicher, dass sie das schon verstehen würde.

Weihnachten war so wie immer. Onkel Werner kam und mein Vater ... Lassen wir das! Meine Ma gab sich wieder eine Riesenmühe, und Jo und ich wurden wie immer toll beschenkt. Ich bekam zwei wunderbare, weiche Angorapullover, einer schwarz, einer dunkelgrün, und eine Menge Kleinigkeiten noch dazu.

Manchmal sah mich Mama von der Seite an, als dächte sie über mich nach. Ich tat dann schnell irgendetwas, oder ich ging aus dem Zimmer.

Am zweiten Weihnachtsfeiertag kochten Ma und ich zusammen. Opa Friedrich, also der Vater von Ma, kam am Abend, und für ihn kochten Mama und ich schon seit zwei Jahren zusammen immer an den Weihnachtsfeiertagen; es war bereits eine kleine Tradition. Opa Friedrich ist Witwer, und er genießt es, wenn er mal wieder so richtig von Frauen verwöhnt wird; das sagt er dann immer ganz laut, mehrmals vor und nach dem Essen.

Das Gericht, das wir zubereiteten, war ziemlich aufwändig – Ente mit Rotkohl und selbst gemachtem Kartoffelpüree –, und ich musste genau aufpassen, was Ma mir sagte und erklärte, damit ich daran nichts versaute. Schließlich war das Püree so weit vorbereitet und das Viech in die Bratröhre geschoben – ich dachte an die Grübchenente und grinste und schämte mich gleich dafür –, und Mama sah auf ihre Armbanduhr, die sie auf dem Küchentisch abgelegt hatte.

»Eine gute Stunde können wir jetzt gar nichts machen, Charlotte; erst dann muss die Ente übergossen werden. Sag mal, wollen wir nicht einen kleinen Spaziergang zusammen machen, nur du und ich? Schau mal raus, da draußen scheint schon den ganzen Tag die Sonne, und wir gucken seit Stunden nur in die Töpfe und in die Röhre!«

Ich sah meine Ma ganz erstaunt an. So kannte ich sie ja gar nicht! Sie hatte ein beinahe heiteres Gesicht, aber es wirkte ein bisschen aufgeklebt, irgendwie. Wollte sie mir vielleicht etwas sagen? Was?

»Was ist denn los? Hab ich was angestellt, Ma?«

»Nein, ich glaube nicht.« Mama schüttelte langsam den Kopf und stand da und wartete, bis ich mich freute, dass sie mit mir spazieren gehen wollte.

»Na gut, gehen wir«, sagte ich, weil Weihnachten war.

Wir gingen in den kleinen Park, ganz nahe von unserem Haus. Eigentlich ist er süß, dieser kleine Park, ein nicht sehr

großer, ziemlich steiler Hang, durch dessen Mitte, längs, nicht bergab, ein schnurgerader Weg führt. In gut zwanzig Minuten ist man einmal durch, ohne rennen. Diejenigen aus unserer Gegend, die einen Hund haben, führen ihn hier spazieren; darum nannten Jo und ich den Park schon als Kinder den »Hundehang«. Es war fast warm, als Ma und ich an jenem Weihnachtsfeiertag in den Park eintraten. Ich steckte die Hände in die Hosentaschen, denn Handschuhe hatte ich nicht mitgenommen, und zog die Schultern hoch im Gehen. Mir war dann irgendwie wohler. Ich trug meinen dunkelblauen Überzieh-Rollkragenpulli statt Mantel – extra Ma zuliebe –, sie hatte ihn mir einmal in einem Anfall von Handarbeitswut gestrickt, und eigentlich zog ich ihn nicht an, weil ich darin wie ein blöder Matrose aussah.

»Schön, dass du ihn trägst ...«, sagte Mama, als wir nebeneinander durch den Schnee gingen. Komisch ... Eigentlich müsste sie kritisieren, dass ich zu Weihnachten nicht besonders »anlässlich« gekleidet war ... Wie immer im Winter hatte sie ihren Nerzmantel an und ein mattbuntes seidenes Kopftuch umgeschlungen. Eigentlich, dachte ich, wie ich mit Blick auf den Boden unter meinen Füßen so vor mich hin ging, ist Ma eine ziemlich elegante und sympathische Erscheinung; eben hatte ich sie angesehen und verstehen können, dass Paps sich vor mehr als zwanzig Jahren in sie verliebt hatte. Dass es Liebe war zwischen meinen Eltern, das sagen alle, sogar Onkel Werner. Ich glaube, der fand Mama auch ziemlich gut, damals. Liebe also war es zwischen Ma und Pa und was es geworden ist, ist etwas anderes. Schrecklich, so möchte ich nicht leben, später einmal. Nie. Ich musste an Laura denken und lächelte. Vielleicht werden wir zusammen alt …? Blödsinn, so etwas jetzt zu denken! Charlotte, sagte ich mir, Charlotte, du spinnst schon wieder! Ich lachte leise und schüttelte den Kopf.

»Woran denkst du?«, fragte mich plötzlich Ma.

»An Opa und daran, dass er immer allein ist und ob seine Herzschmerzen nun besser geworden sind«, log ich schnell.

Mama merkt immer, wenn ich lüge, oder jedenfalls fast immer. Manchmal tue ich es trotzdem. Meist schweigt sie dann ziemlich kühl, oder sie sagt mit leiser Ironie etwas dazu. Schön, dass du so etwas denkst!, hätte ich jetzt erwartet, mit diesem feinen Klang von Spott in der Stimme, den ich so hasse an Mama. Sie schwieg aber. Ich sah wieder zu Boden beim Gehen und merkte, wie sie mich jetzt von der Seite betrachtete und sah sie dann doch wieder an, ich weiß auch nicht, warum. Ihr Blick war ganz seltsam. Irgendwie Hilfe suchend! Sofort schaute ich weg, wieder zu Boden, auf den verschneiten Weg unter meinen Füßen. Vielleicht hat sie ja Ärger mit Paps …? Ihre Sache …! Ärger mit Jo? Das hätte er mir doch gesagt. Ist sie böse, weil …? Wieso denn! Ma hat doch keinen blassen Schimmer, was mich seit langem so beschäftigt … Sie hat doch nur ihre Damengesellschaften und ihre Kleider und ihre Migräne im Kopf! Nie spricht sie wirklich mit mir. Manchmal dachte ich schon, sie ist aus Porzellan. Mir war kalt, wie ich so neben Ma herging. Die Bäume brachen fast zusammen unter ihrer eisigen Schneelast.

Innerlich war ich ganz, ganz weit weg. Ich hörte den Satz erst, als Ma ihn ganz offensichtlich zu wiederholen schien.

»Hörst du denn nicht? Ich sagte, ich habe mit Frau Gerstner gesprochen!«

Es klang sehr bestimmt, wie Mama das sagte, aber eine gewisse Wärme kam trotzdem durch diesen Satz, wie früher, wenn sie uns beim Schlittenfahren ermahnte und sanft, aber entschieden noch eine einzige Fahrt erlaubte, vor dem Nachhausegehen. Ich blieb stehen und spürte einen leisen Schreck in den Gliedern, eigentlich war es aber eher eine Art absoluter Fassungslosigkeit. Doch, einen Schreck fühlte ich auch, doch, trotzdem. Frau Gerstner und Ma ... Ein Gespräch? Über ... mich? Klar! Über wen denn sonst! Hatte Frau Gerstner etwa ... Nein, das war doch absolut unmöglich, sie hatte mir doch versprochen ...

»Und?«, fragte ich und merkte, wie ich blass wurde. Mama ging schweigend weiter. Ich neben ihr her. Schritt für Schritt, Sekunde um Sekunde, und keine sagte etwas. Dann räusperte sich Mama.

»Sie hat mir alles erzählt.«

Ich blieb stehen. Ma auch, aber sie sah geradeaus, als betrachte sie die Landschaft. Dann drehte sie den Kopf zu mir und sah mich an. Meine Augen waren ganz schmal.

»Mama, das glaub ich dir nicht.«

»Doch.«

Jetzt standen wir uns genau gegenüber, Ma hatte nun ihren ganzen Körper zu mir gedreht, auf ihren viel zu feinen Schuhen. Ihr Gesicht war traurig.

»Doch, Charlotte. Wie käme ich sonst darauf?«

»Was hat sie dir erzählt!?«

»Dass du ... dass du dich in eine Frau verliebt hast. Dass

du an Nikolaus bei ihr warst, bei Frau Gerstner, und es ihr gesagt hast. Dass ... diese Frau Laura heißt und viel älter ist als du und dass du sie wieder sehen willst.«

Mir war ganz schlecht.

»Nein«, sagte ich tonlos. »So kann doch kein Mensch sein ...«

»Charlotte, jetzt sieh mich doch nicht so an! Es ist wahr. Sie hat es mir erzählt. Schon vorige Woche.«

Auf einmal sah ich, dass Mamas Augen gar nicht mehr kühl waren, eher so, als finge sie gleich zu weinen an.

»Du darfst Frau Gerstner nicht böse sein. Das hätte jede Mutter getan, ich umgekehrt auch.«

Ich nickte stumm, ja, zweifellos war das so. Mütter!

»Man will doch nicht ... Schau, Frau Gerstner hat dich sehr gern. Sie zeigt großes Verständnis für dich. Vielleicht geht ja alles trotzdem gut, und es ist nur eine Phase ... Aber wenn nicht, das kann doch möglich sein, Charlotte, wenn es nicht nur eine Zeit ist, die vorübergeht, dann müssen wir zusehen, dass wir einen guten Weg finden für dich. Das wollen wir doch beide, Frau Gerstner genauso wie ich. Wir haben sehr lange darüber gesprochen und sie ... Warum nur bist du denn damit nicht zu mir gekommen?«

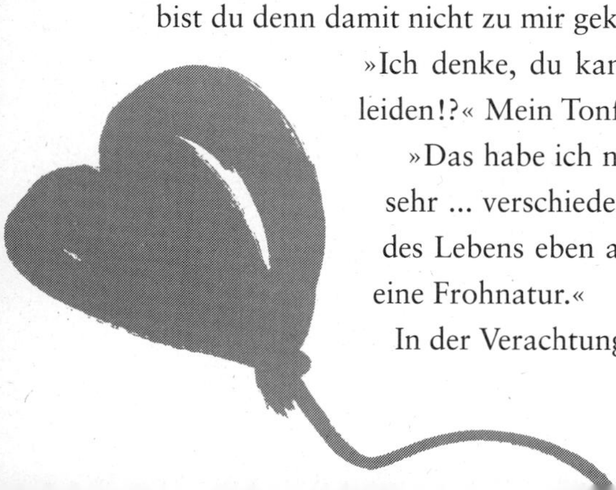

»Ich denke, du kannst die Gerstner nicht leiden!?« Mein Tonfall war aggressiv.

»Das habe ich nie gesagt. Wir sind nur sehr ... verschieden. Wir sehen die Dinge des Lebens eben anders, ich bin nicht so eine Frohnatur.«

In der Verachtung, mit der Ma das Wort

Frohnatur aussprach, entdeckte ich plötzlich etwas mir Neues an Ma, etwas mir Seelenverwandtes, ich kann gar nicht richtig ausdrücken, was es war.

»Warum bist du denn nicht zu mir gekommen? Ich bin vielleicht nicht so ... nicht so redselig, aber, Charlotte, ich bin doch deine Mutter!«

Jetzt wirkte Ma beleidigt. Die Erwachsenen haben wirklich alle einen Knall, dachte ich, und sie sind ständig mit etwas beschäftigt, worum es im Augenblick doch gar nicht geht.

»Weiß es Anne?«, fragte ich.

»Nein. Nur wir drei.«

Ma sah mich an, und ich sah Ma an. Sie wirkte auf einmal viel kleiner als sonst, irgendwie hilflos. Noch etwas sah ich in diesem Moment, als hätte mir jemand einen Schleier aus Träumerei und Erinnerung weggezogen: dass sie nicht mehr die junge, schöne Ma war, um die mich seit der Grundschule immer alle beneidet hatten. Schön war sie noch, ja, aber ich sah plötzlich, dass sie ein paar tiefe, krakelige Falten unter den Augen hatte, Krähenfüßchen, die selbst die teure Creme und das gepflegte Make-up nicht verstecken konnten. Sie stand da, im Schnee, meine Ma, klein und hilflos und total rührend, und sie wollte reden mit mir. Auf einmal hatte ich sie sehr, sehr lieb, und mir kamen die Tränen. So schnell kamen sie, dass ich gar nicht mehr aufpassen konnte darauf; das wollte ich doch jetzt am allerwenigsten, losplärren! Doch nicht hier, hier draußen und doch nicht vor Mama! Aber genau das tat ich jetzt, wie ein bescheuertes Küken, und das Komische daran war: Es tat mir unendlich wohl. Mama nahm mich in die Arme, wie früher, als ich klein war; ich schluchzte los und konnte mich kein bisschen mehr zusammennehmen. Dann stieß ich zwischen zwei Schluchzern hervor, dass ich sie schrecklich lieb habe, Ma, und dass ich doch keine Geheimnisse haben wollte vor ihr, aber sie wäre eben immer so kühl zu uns, und das machte alles so schwer, man könnte ja gar nicht gut reden mit ihr, eigentlich nie! Und ich sagte ihr, dass ich so alleine gewesen wäre mit allem und dass das wirklich nicht leicht wäre, alles, überhaupt, auch mit Hans, die ganze Erwachsenenwelt eben, in der alle maskiert und mit tausend Tricks in der Tasche einander reinlegen und sich voreinander tarnen, und dass sie mir helfen solle, nie so zu werden, und auch, mit Laura zusammen sein zu können, denn das wollte ich ja schließlich, aber ich wüsste doch nicht, ob ... Und dass Frau Gerstner gemein und hinterhältig sei und ich das nie von ihr gedacht hätte, das sagte ich auch noch. Dann atmete ich tief durch. Es tat so gut.

»Natürlich helfen wir dir, oder ich zumindest ... Du hättest wirklich nicht zu Fremden gehen müssen. Wirklich nicht.«

Ein sanfter, unüberhörbarer Vorwurf schimmerte durch Mamas liebevolle Worte. Dann holte sie aus ihrer Manteltasche ein zartlilafarbenes Taschentuch, das stark nach Parfüm roch, und wischte mir die Tränen damit ab, ganz vorsichtig, damit sie die Wimperntusche nicht völlig verschmierte. Mit energischer Hand fasste sie mich anschließend am Kinn und zwang mich so, ihr ins Gesicht zu sehen. Die Krähenfüßchen zogen sich zusammen, und die

Augen meiner Mutter lächelten richtig warm. Meine Ma, dachte ich und war für ein paar winzige Momente lang zurückversetzt in die Zeit, als ich so ungefähr zehn war ... Meine Ma, früher, da hast du gelacht und mit uns getobt, und wir durften dich schmutzig machen beim Spielen; da war Paps noch Referendar, und du hattest noch keinen Pelzmantel und noch keine Putzfrau. Da war alles viel schöner. Jetzt hast du es nicht leicht, Ma, wir spüren das, deine Kinder, die kriegen es mit, aber kämpfen müssen wir trotzdem mit und für uns, verstehst du; vielleicht wäre alles anders gekommen, wenn du nicht Paps, sondern einen anderen geheiratet hättest?

»Nicht wahr«, hörte ich mich da sagen, »Paps hat uns alle in den Eisschrank gestellt. Ist das nicht so? Schon als wir klein waren und später immer, immer mehr.«

»Nein, Mäuschen, das kannst du so wirklich nicht sagen. Ich liebe deinen Vater. Er hat es eben auch schwer; du musst versuchen, ihn zu verstehen! Er kann seine Gefühle eben nicht zeigen. Konnte er noch nie. Ihr müsstet den ersten Schritt tun, ihr müsstet auf ihn zugehen; aber so seid ihr eben nicht. Das habt ihr von mir. Und so redet dann einer nicht mehr mit dem anderen; es ist ein Kreislauf, den keiner unterbricht.«

Ma wiegte mich fast in den Armen. Und sie hatte »Mäuschen« gesagt, wie früher, ganz früher, als ich sieben war oder sechs ... Es war total verrückt. Jetzt stand ich hier und ließ mich von Ma umarmen und »Mäuschen« nennen, und sie kam mir gar nicht mehr kalt vor, eher unsicher, aber ich konnte spüren, dass sie viel nachdenkt. Viel mehr, als ich geglaubt hatte. Mäuschen ... Ich wäre gern fünf gewesen in diesem Augenblick – manchmal ist einem das Leben zu groß, und dann möchte man über eine total wacklige Brücke gehen und ganz einfach wissen: Mein Schutzengel, der fängt mich auf. Mir kann nichts passieren. Ich sah Ma an. Ihr Blick war weit fort.

»Charlotte ... Ein Fehler ist das schon, diese Verschlossenheit, glaube ich, auch wenn man nach so vielen Jahren einen Menschen nicht mehr ändern kann. Man muss auf den anderen zugehen ... und darf es nicht verlernen. Üben muss man es, hörst du, gerade wenn man so stolz ist wie ihr beiden, Jo und du. Ich hab's schon fast verlernt. Aber wie du siehst«, Ma lächelte mich an, »nicht ganz. Nein, euer Vater ist nicht kalt. Er ist Anwalt, und das in dieser Zeit. Er trägt viel, verstehst du. Und sein Beruf ist das Misstrauen. Ich habe lange gebraucht, um das zu verstehen.«

Ich nickte, ganz lieb, und kam mir fast ein bisschen brav dabei vor. Okay. Paps ist kein Eisschrank. Okay, soll er sein, wie er eben ist; für mich war jetzt wichtig, dass man mit Ma auf einmal normal reden konnte. Und dass sie es wusste, dass ich in eine Frau verliebt bin – dass sie es jetzt wusste. Es fühlte sich so leicht an, obwohl ich doch geglaubt hatte, ich brauchte meine Eltern nicht; so leicht, das könnt ihr euch gar nicht vorstellen. Alles was man verbirgt, auch wenn man es nur aus Rücksicht tut oder um in Ruhe gelassen zu werden, auch wenn absolut nichts Schlechtes daran ist – alles, was man verbirgt, was man sich nicht zu sagen traut, das fängt zu wuchern an ...

»Erzählst du mir auch von ... Laura?«, fragte Ma dann, und es klang, als ob sie mich aufforderte, meine Hausaufgaben zu machen.

Ich wurde ein wenig skeptisch. »Willst du es denn wissen?«

»Ich muss es wissen«, antwortete Ma ganz einfach. »Nur dann können wir überlegen, wie wir damit umgehen.«

Es klang ein bisschen angelesen, wie aus einer Elternzeitschrift, und Mama schien es zu bemerken, sie gab mir zu verstehen, dass sie weitergehen wollte, weil ihr kalt war, oder aus sonst einem Grund. Also setzten wir uns wieder in Bewegung und gingen langsam nebeneinander her. Das Gehen tat eigentlich ganz wohl.

Ich beschloss, Ma nicht alles zu erzählen. Nicht einmal Frau Gerstner hatte ich alles erzählt ... Frau Gerstner, diese Verräterin! Ich konnte es noch immer nicht fassen. Die Erwachsenen, ich sag es doch, die haben alle einen Dreh! Dass die einen nicht einfach leben lassen können und einen so nehmen, wie man nun eben ist ...! Jedenfalls, ich wollte nicht alles erzählen. Das Mäuschengefühl war nämlich wieder vorbei, und ich war wieder Charlotte – Charlotte, die nachts von einem Spiegelmenschen besucht wird und die die Frauenliebe längst verstand, auch wenn ich noch nie mit einer Frau zusammen gewesen war. Nein, etwas musste mein Geheimnis bleiben, denn die Liebe ist die Welt der Geheimnisse, daran glaube ich fest!

Ich tat also so, als würde ich »der Reihe nach« erzählen und ließ etliches aus. Ma hätte es sowieso nicht verstanden, trotz allem. Die Liebe verstehen immer nur zwei. Ich sagte, ich hätte eine Laura kennen gelernt und dass sie anders ist als alle anderen Menschen, eine Erwachsenen-Ausnahme nämlich – da lächelte Mama, es geht schon los, das Unverständnis, dachte ich, und ich sagte, dass ich ein Gefühl der totalen Nähe zu Laura habe, ganz anders als zum Beispiel zu Anne, eher so eines wie zu Hans ... oder vielmehr, wie es mit Hans hätte sein sollen ... Das, diesen letzten Teil des Satzes, sagte ich nicht. Das dachte ich mir nur. Ich sagte dann noch, dass ich schon ganz gut wisse, dass ich zu meinem Gefühl auch stehen will und dass Laura sehr lieb sei und keineswegs irgendwie »männlich« oder »komisch« oder »asozial«; ich wollte meiner Ma allen Wind aus ihren Anwaltsgattinnensegeln nehmen ... Dann fragte sie nach Lauras Nachnamen, und ich sagte ihn ihr. Blöd fand ich es, dass sie ihn unbedingt wissen musste, aber ich sagte ihn sofort. Dann setzte ich noch mit allem Nachdruck, zu dem ich fähig war, ziemlich trotzig hinzu, dass Laura Eving auf mich warten würde, dass da nur eben Hans noch wäre ... Mama seufzte.

»Sag mal«, fragte sie dann, »hatte Laura denn vorher, ich meine ... hat sie denn schon eine ... Freundin gehabt?«

Dazu wollte ich nun wirklich nichts sagen; Ma hätte sowieso aus der Geschichte mit der Grübchenente die falschen Schlüsse gezogen, hundertpro! Nur ich wusste, dass es diese Kuh in diesem Augenblick nur noch in der Vergangenheit gab, ich wusste es absolut sicher. Wenn du etwas total sicher weißt, dann ist doch jeder Beweis schnuppe, aber genau danach hätte Ma sofort gefragt, also machte ich eine vage Handbewegung und zuckte schließlich, als Zeichen meiner Ahnungslosigkeit, mit den Schultern: »Kann sein, na ja, ich glaube schon.«

Mama bemerkte, dass für heute nicht mehr aus mir herauszukriegen war, und sie schwieg. Die Tatsache aber, dass zwischen uns nun kein grundsätzliches Geheimnis mehr stand, die schaffte ein total gutes Klima: Es war kein bedrückendes Schweigen mehr zwischen uns, eher ein nachdenkliches. Plötzlich fand ich Mama richtig nett! Dann hatte ich aber doch noch einen Stich im Herzen, denn ... Es fiel mir siedend heiß ein: Da war ja noch ein ziemlich großes Geheimnis vor meiner Mutter. Ich überlegte nur kurz, dann holte ich tief Luft – jetzt oder nie – und sagte: »Mama, ich schlafe schon lange mit Hans.«

Ma lächelte ihr kleines, verwundetes Lächeln und sagte nur: »Ich weiß.«

»Woher?« Ich war wirklich baff, aber ich zeigte es natürlich nicht.

»Ich habe einmal gesehen, dass du für Schutz sorgst, wenn du weißt, was ich meine. Du hast etwas in deinem Zimmer liegen lassen. Ich ... ich dachte, sie wird schon kommen, wenn sie einen Rat braucht.«

Der Satz klang bitter, irgendwie. Prompt sagte Ma noch: »Du hättest mich ja auch irgendwann einmal ansprechen können; ich bin doch kein Unmensch.«

»Nein, das bist du nicht ...«, sagte ich, und das Ende dieser Antwort ließ ich in der kalten Schneeluft stehen, bis es als Ungesagtes dort erfror.

Dann gingen wir wieder schweigend. Ich dachte: Im

Grunde ist es ja nun auch wieder toll von ihr, dass sie sich so rausgehalten hat. Eigentlich doch das, was ich von den »Erwachsenen« will ... Trotzdem fühlte ich mich irgendwie verlassen. So ganz alleine ... das ist dann eben auch manchmal zu viel! Wusste ich eigentlich, was ich wollte?! Ich glaube nicht; ich hatte nur Sehnsucht nach einem Menschen, der mich in meinen Widersprüchen begreift, ehe ich irgendetwas sage ... Das ist sicher plemplem. Aber ich dachte, obwohl ich froh war, von Ma in Ruhe gelassen worden zu sein, dass sie doch mal hätte fragen können, wenigstens das ... Oder war ich wirklich stur? Hatte ich jedes Gespräch unmöglich gemacht? Vielleicht hätte ich ja doch ... Kennt ihr solche Hin- und Her-Wälzereien im Kopf?

»Mama!!!«, schrie ich plötzlich und blieb wie angewurzelt stehen. »DIE ENTE!!!«

Mama ist furchtbar erschrocken, kann ich euch sagen, sie stieß einen kleinen, hohen Schrei aus, und wir machten stante pede kehrt und galoppierten den Weg zurück; wir mussten ja schon Ewigkeiten unterwegs sein und hatten beide, wie die Rindviecher so blöd, unsere Armbanduhren in der Küche liegen lassen!

Als Mama gerade unsere Haustüre aufgeschlossen hatte – es kam uns schon ein ganz leicht verbrannter Geruch entgegen –, hielt ich sie noch schnell am Ärmel fest und flüsterte: »Mama, was machen wir denn jetzt? Redest du mal mit Paps?«

»Erst mal schauen, wie alles wird! Aber wenn es wirklich so kommt, wie du es dir momentan wünschst, dann lass ich dich nicht allein«, antwortete sie leise. Sie setzte noch rasch hinzu: »Und sei Frau Gerstner nicht böse, sie mag dich nämlich sehr.«

Dann kam uns Pa schon entgegen, er wirkte fast aufgeregt: Er wisse ja gar nicht, was zu tun sei, wenn es anfange, so zu riechen, die Küchenuhr im Herd, die hätte schon zwei Mal ... Mama winkte ab und hängte schnell ihren Mantel auf, dann verschwand sie in der Küche. Eine halbe Stunde später roch es wieder ganz annehmbar, und eine ganze Stunde später traute ich mich wieder in die Küche und half ihr. Bis dahin hatte ich auf meinem Bett gelegen, Chris de Burgh gehört und ein bisschen von Laura geträumt ...

Ma wirkte ganz fröhlich, und als sie uns mit ziemlich energischen Bewegungen die Ente transchierte – es war ein Hochgenuss, das zu sehen –, sagte sie, dass sie eines Tages ein Spezialitätenrestaurant aufmachen würde und wir dann mit dem Essen bestimmt nicht mehr so billig davonkommen würden. Ich sah sie an und freute mich richtig über sie. Den ganzen Abend über war mir wohlig ... Opa Friedrich war ein bisschen nervig und sagte, das Wunderbare an diesem Weihnachtsessen wäre, dass »die Köchinnen« sich wie aus dem Gesicht geschnitten ähnlich sähen und dass Oma »tupfengleich« ausgesehen hätte ... Tupfengleich! Jo grinste; er hatte schon letztes Weihnachten gesagt, dass Opa Friedrich immer sentimentaler und trotteliger würde. Mama lächelte ein Lächeln, das aussah, als habe sie noch viele geheime Pläne in ihrem Leben, als sei alles, alles, noch längst nicht entschieden. Papa sah sie mit einem merkwürdigen Blick an. Aber dann brummte er doch ganz zufrieden.

Am 31. Dezember, gleich nach dem Aufwachen, stand mein Entschluss fest. Ich schnellte wie eine Eins aus meinem Bett und rief Hans an, der am Abend zuvor von einer »Studenten-Skifreizeit« zurückgekommen sein musste; von unterwegs hatte er eine nostalgische Postkarte geschickt: *Liebe Charly, schöne Weihnachten. Silvester sehen wir uns. Das wird sicher toll. Dein Hans*

Das war alles, was er geschrieben hatte. Als ich ihn anrief und mich meldete – »Hier ist Charlotte« –, klang er ziemlich aufgeregt und irgendwie erbost, und er fragte mich gleich, was eigentlich los sei.

»Wieso?«, fragte ich ihn zurück.

»Du hast mir nicht einmal ein Weihnachtsgeschenk geschickt, weder hierher noch in die Freizeit, und jetzt scheinst du dich auch nicht gerade unbändig zu freuen, dass ich wieder da bin!«

Ich stand da wie bedeppert über diesen heftigen Tonfall, aber eigentlich war er keine Überraschung, nein, wirklich nicht. Ich stand also bedeppert da in meinem Schlafanzug, und meine Mutter ging mit dem Staubsauger in der Hand an mir vorbei, sah mir mit einem kurzen Blick ins Gesicht, dann ließ sie den Staubsauger einfach in der Diele stehen und verschwand wieder.

»Hm?«

Hans klang gepresst. Eine Sekunde lang hatte ich die Vorstellung, dass sich irgendetwas Unbezähmbares immer wieder in ihm staute, etwas, das viel mächtiger war als er und das ihn immer wieder, wenn es so weit war, jede Feinfühligkeit vergessen und jede Realität übersehen ließ. »Es wird sicher toll« hatte er geschrieben ... Na ja. Da bäfft er mich jetzt also an und ahnt nicht einmal, was in mir vorgeht, am liebsten hätte er sicher überhaupt niemals irgendwelche Ahnungen, am liebsten wäre ihm eine total easy Welt, in der er seinen Spaß haben konnte, denn um den Spaß, um den geht es ja sowieso den meisten, den allermeisten, als hätte das alles hier auf der Welt keinen anderen Sinn, als nur die Zeit herumzubringen. Totzuschlagen. Da ist Hans genau, wie die meisten sind ...

»Hm?«, fragte er noch einmal, jetzt höher und noch gepresster. Das sollte wohl Nachdruck sein, der mich sofort zum Antworten bringt. Hatte er mich jemals irgendetwas wirklich gefragt? Man muss auf die Menschen zugehen, hatte Ma gesagt; ich bin auf ihn zugegangen, so oft ... Nein, ich kann mich Hans im Innersten nicht verständlich machen! Nie! Und ich will nicht so werden, wie die meisten Frauen sind, so in falschem Humor resigniert oder so blöde begeistert von dieser »Männlichkeit«, die so gut wie nichts kapiert!

»Ich will Schluss machen mit dir!«, sagte ich jetzt ganz einfach. »Hörst du? Schluss.«

»Spinnst du? Hast du einen anderen? Dann sag's mir nur! Ich hab mir so etwas sowieso schon gedacht; du brauchst es nur noch zu sagen! Du meinst, ich bin blöde und höre dir nie zu, aber ich höre dir sehr genau zu, und ich warte jetzt nur noch darauf, dass du mir sagst, wer es ist, und dann ist der Fall ja wohl gegessen! Klar hast du einen anderen! So eine Kratzbürste, wie du in der letzten Zeit geworden bist; man durfte dich ja kaum richtig anfassen!«

»Sonst sagst du mir gar nichts dazu?«

»Ja, was soll ich sagen?«

Hans war beleidigt und wirklich getroffen auch. Es mischte sich ganz sonderbar in ihm, und heraus kam dabei eine Art zusammengequetschter Zorn im Klang seiner Stimme.

»Möchtest du wirklich wissen, wer es ist?«, fragte ich spitz; ich wollte ihm absichtlich wehtun in diesem Moment. Oh, ich kann schon ein arger Teufel sein, wenn ich mich unverstanden fühle!

»Wer also ist es?«, fragte Hans knapp und sachlich zurück.

Ich hätte schreien können. Ich tat es nicht. Ich sagte nur, mit aller Beherrschung, zu der ich noch fähig war, dass er daherrede wie ein Wissenschaftler oder ein Kriminalbeamter in irgendeinem Film, einem besonders coolen; ob er überhaupt keine Gefühle hätte, eigentlich?!

»Das lass mal meine Sorge sein!«, sagte er da nur. Und er klang absolut nicht wie ein Freund. Dann war Stille, einen Augenblick, und dann legte Hans auf, legte einfach auf!

Ich rief sofort wieder an. Beim ersten Klingeln war er wieder dran.

»Es ist eine Frau!«, sagte ich. »Eine Frau. Sie heißt Laura.«

Hans schwieg. Dann platzte er mit einem lauten Lachen heraus, aber ich konnte der Stimme anhören, dass er es absolut nicht witzig fand.

»Ach du je!«, rief er. »Hat dich so eine Emma-Tante gekrallt!« Da legte ich auf und ging sofort weg vom Telefon.

»Es ist aus«, sagte ich leise zu meiner Mutter, als ich an der Tür zum Wohnzimmer vorbeikam; ich stand da im Türrahmen und sagte nur: »Es ist aus.«

»Mit Hans?«

Ich nickte.

»Das tut mir Leid für dich«, sagte Mama, und ich wusste zuerst nicht richtig, wie sie es jetzt meinte. Vielleicht sah sie nun Laura ganz gewiss auf mich zukommen, und das war es, was ihr Leid tat. Sie schaute mich aber sehr lieb an, mit ernstem Blick und ohne jede Ironie, mit wirklich echtem Gefühl. Mütter sind einfach Rätsel.

Am Abend rief Hans noch einmal an. Ma kam zu mir ins Zimmer und fragte, ob ich mit ihm sprechen wolle. Ich ging gleich ans Telefon, um mich dem Gespräch zu stellen; im Magen hatte ich einen dumpfen Druck, aber ausweichen, das wollte ich um keinen Preis.

»Also«, begann Hans, »wir verbringen das heutige Silvester wohl nicht miteinander – überflüssige Frage. Du musst es mir nur noch einmal persönlich sagen, denn dann gehe ich jetzt aus dem Haus und bin nicht mehr zu erreichen, falls du es dir doch anders überlegst. Wir hatten zwar unser erstes gemeinsames Silvester geplant, wenn du dich erinnerst, und ich werde nun wohl kaum noch meine Freunde erreichen …«

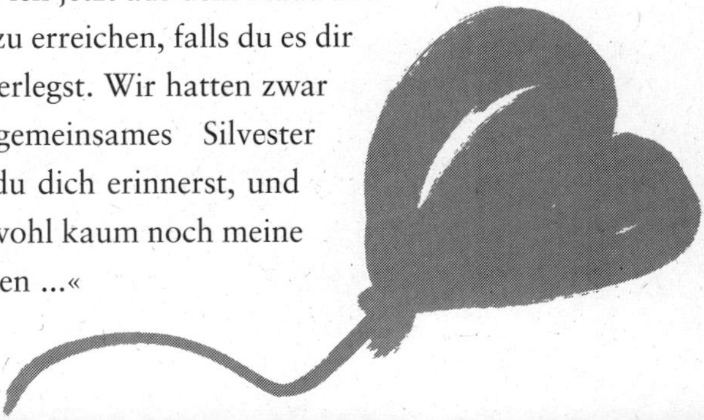

»Ist das alles, worum du dich jetzt kümmerst?«, fiel ich ihm ins Wort. Dann – sofort hatte ich mich wieder gefangen und konnte meinen üblen Ton beherrschen – sagte ich leise und so normal wie möglich: »Hans, du kannst beruhigt unerreichbar sein. Ich bleibe hier.«

»Bei deinen Eltern?«, fragte er spöttisch.

»Bei meinen Eltern, ja.«

»Hör mal, Charly ...«, er wurde mild, »... ist es denn wirklich wahr, was du da vorhin gesagt hast? Ich meine ... dass es eine Frau ist? Du hast dich in eine Frau verliebt?«

Er sagte es so, als fragte er, ob ich mich wirklich in einen Fischotter oder in eine Wahnsinnige verliebt hätte. Ich räusperte mich. Dann sagte ich nur: »Ja.«

»Verliebt? Schwul?«

»V-e-r-l-i-e-b-t!« Ich buchstabierte es.

»Na! Also wenigstens ist kein anderer Typ im Spiel ... Dann kann es ja so wild nicht sein.«

Und dann setzte Hans ganz weltmännisch hinzu: »Es ist ja schließlich nicht illegal. So etwas gibt es. Wenn es wirklich so ist, dann stehe ich dem liberal gegenüber. Omas Zeiten sind ja vorbei. Tja, kann man nix machen.«

Er nimmt es nicht ernst, dachte ich nur; er nimmt es gar nicht ernst.

»Und, sag mal, Charly, ... richtig verliebt? Aber doch nicht so wie bei uns, oder?«

»Nein, wirklich nicht. Ganz anders.«

»Eben.« Hans klang befriedigt. »Das glaube ich auch. Tja, Charly, zwei Frauen ... Das ist natürlich so eine Sache.

Also, du hast ja schon immer gesponnen, das war ja von Anfang an klar.«

Da hörte ich mich nur noch sagen, dass er sich keine Mühe mehr zu geben brauche, und hängte ein.

Hans, das war sonnenklar, würde sich so schnell nicht mehr melden, nicht nach diesem Gespräch. Selbst wenn er alles irgendwie doch noch »verhindern« wollte, selbst wenn er jetzt schrecklich leiden würde: Er würde kein weiteres Wort zu mir mehr über sich bringen. Nie kann ein Hans über seinen Schatten springen, niemals. Eine Minute überlegte ich noch – stand neben dem Telefonapparat und überlegte, ob er jetzt wohl blitzschnell eine andere haben würde, und der Gedanke daran war komisch, fremd, und ganz leise tat er mir weh. Bald aber hörte dieser zarte Schmerz auf, und tief in mir atmete etwas ganz sachte auf.

Meine Eltern freuten sich, als ich sagte, dass ich Silvester doch mit ihnen verbringen würde. Paps lächelte sogar, aber er konnte sich die Spitze nicht verkneifen zu sagen, dass ich wohl doch noch nicht so selbstständig sei, wie ich es gerne wäre. Mama gab ihm ein Zeichen zu schweigen, denn sie wusste ja, dass ich jetzt ziemlich empfindlich war. Dann schlug sie mir vor, Tee zu machen und ein Stück Kuchen dazuzulegen und das alles auf einem kleinen Frühstückstablett zu mir hinaufzubringen.

»Dann kannst du noch ein bisschen für dich sein, das willst du doch sicher jetzt.«

Papa schaute erstaunt, wandte sich aber wieder schnell einer Zeitschrift zu, in der er schon gelesen hatte, als ich das Zimmer betrat. Ich nickte. Das mit dem Tee oben bei mir war eine gute Idee. Gegen zehn Uhr würde ich dann mit meinen Eltern zum Spezialitätenchinesen gehen; das machen sie jedes Jahr. Früher waren wir natürlich immer dabei, Jo und ich, aber seit letztem Jahr schon ging Jo nicht mehr mit, und diesmal gaben er und seine Katrin wieder bei ihr eine Silvester-Fete. So wären meine alten Leutchen diesmal zum ersten Mal ganz ohne ihren Nachwuchs losgezogen ... Es ist schon in Ordnung so, dachte ich; der Chinese ist ja wirklich gar nicht so übel, und vielleicht wird es sogar friedlich und nett, wer weiß? Gegen halb zwölf würden wir, wie immer, im »Hundehang«, unserem kleinen Park, sein und um Mitternacht dem Feuerwerk zusehen und dann zu Hause auf das neue Jahr anstoßen ...

»Bist du traurig?«, fragte mich Ma, als sie mit dem Tee in mein Zimmer kam.

Ich zuckte mit den Schultern und sagte dann: »Ja und nein. Ich weiß nicht. Es ist alles so kompliziert. Aber eigentlich bin ich auch froh.«

Mama nickte und setzte sich zu mir an mein Bett, als wäre ich krank. Ich hatte dagelegen und Musik gehört und geträumt, bis sie angeklopft hatte.

»Etwas möchte ich dir noch sagen. Ich habe es eigentlich nicht sagen wollen, aber ich möchte nicht, dass du böse auf Annes Mutter bist, das wäre für uns alle nicht schön. Sie ...

Es ist ihr früher auch einmal so gegangen, bevor sie Annes Vater kennen lernte. Auch so wie dir.«

»Was meinst du damit?«

»Nun, sie hatte auch ... eine Frauenliebe, früher. Es ist wohl sehr, sehr lange her, aber sie kann dich noch immer gut verstehen. Sie hat sehr für dich gesprochen, das solltest du ... Also sei ihr nicht böse. Und siehst du«, Mama bekam etwas Tröstendes in der Stimme, »es ist auch bei Frau Gerstner vorbeigegangen ... Sie traf den richtigen Mann und ...«

»Ja, Mama«, sagte ich knapp und drehte mich ganz einfach zur Wand.

Da ging sie hinaus, aber sie strich mir vorher noch einmal übers Haar, und ich wusste nicht, ob es nun ungerecht war, wenn ich ihr grollte. Sie meinte es sicherlich »nur gut« ...

Beim Chinesen erzählte Paps ausführlich einen Fall, den er gerade bearbeitete, und sagte dann, ganz am Schluss, nachdem er uns alles haarklein verklickert hatte, dass er es eigentlich gar nicht erzählen dürfe; es unterliege nämlich seiner Schweigepflicht. Ich hatte sowieso nicht richtig hingehört. Ich sah manchmal, während wir da zusammensaßen, meine Eltern und ich, ein Grün vor meinem inneren Auge, das grüner war als grün ... Und ein Rot, das roter war als jeder Mohn ... In der Geheimtasche meiner Jeans steckte ein kleiner, seidenzarter Brief, und manchmal berührte ich das Papier mit einem Finger, heimlich, niemand bemerkte etwas davon, natürlich.

Kurz vor Mitternacht lief ich meinen Eltern am »Hundehang« weg. Ich sagte einfach, ich wollte für mich sein, und ging zügig davon.

»Charlotte!«, rief Mama mir nach.

»Lass sie doch«, hörte ich Paps noch sagen.

Dann stand ich allein neben einem großen, schwarzen Baum und sah in die Nacht, in die letzte Nacht eines Jahres. Etwa dreißig Meter von mir entfernt war ein Grüppchen ziemlich übermütiger junger Burschen und Mädels; sie machten einen Höllenlärm, als wollten sie im alten Jahr keinesfalls noch eine Sekunde nachdenken. In mir war es ganz still, ganz friedlich, und sie störten mich nicht weiter. Ich sah in den Himmel und dachte an Laura und dass ich mir wünschte, dass alles so kommen würde, wie es am schönsten wäre. Und plötzlich spürte ich, dass ich voller Vertrauen in die Zukunft sah, mit einem ganz klaren und freudigen Gefühl, in das sich keine Angst mischte und keine Wut. Ich dachte auch an Hans und daran, wie wir zusammen gelacht hatten und an unsere erste Nacht ... Ich schickte ihm einen lieben Gruß durch die Dunkelheit und dankte ihm im Stillen für die manchmal wirklich prima Zeit, die wir trotz allem gehabt hatten ... Dann kehrten meine Gedanken zu Laura zurück.

Der Himmel krachte über meinem Gesicht, grün, rot und silbern; die Menschengruppe drüben schrie sich laut grölend etwas zu – ich stand da an meinem Baum, lachte die Sterne an und war total allein; in mir war alle Liebe und Wärme der Welt. Das wird dein Jahr, Charlotte, dachte ich. Mein Jahr.

Am ersten Januar, nachdem wir gefrühstückt und mit Jo telefoniert hatten, der einen »Mordskater« herumtrug, wie er sagte, ging ich zur Ecke vor an meine gelbe Kontaktsäule. Und dann rief ich sie einfach an. In der Nacht hatte ich etwas Seltsames geträumt. In meinem Traum hatte Laura eine Oper geschrieben, Text und Musik, alles, und diese Oper wurde in einem großen Opernhaus aufgeführt. Alles war ganz festlich und strahlte erleuchtet, aber alle Menschen suchten Laura. Sie war verschwunden. Ich suchte sie auch, überall. Dann gab ich es auf, weil ich wusste, es würde sinnlos sein. Ich war mir sicher, nur eine einzige Art gab es, sie zu finden – ich verwandelte mich in einen weißen Vogel und mischte mich so unter die Sänger, mitten in die wunderbare und überall klingende Musik. Auf der Bühne waren viele Wesen, manche waren Menschen, manche Tiere. Ich wusste, nur der schneeweiße Vogel, der ich ohne mein Zutun geworden war, nur ein solches Tier würde Laura zu finden imstande sein. Ich tanzte und flog, und ich spürte: Laura ist hier; sie ist unter denen auf der Bühne, hinter irgendeiner Maske ist sie. Und ich würde sie finden. Dann bin ich aufgewacht.

»Eving.«

»Laura ...«

»Wo bist du?«

»Im Telefonhäuschen am Eck bei mir.«

»Können wir uns sehen?«

»Ja.«

»Heute?«

»Ja. Gutes neues Jahr, Laura.«

»Dir auch, Charlotte. Ich habe die ganze Zeit ... Pass auf, ich erklär dir einen Weg zu einem kleinen See, es ist nicht weit von der Stadt, mit dem Bus für dich vielleicht eine gute Dreiviertelstunde. Dort treffen wir uns, draußen, und gehen ein bisschen, ja?«

»Ja«, sagte ich wieder und hätte Laura gerne von meinem Traum erzählt, aber ich tat es nicht. Es passte jetzt nicht. Ich hörte der Wegbeschreibung zu und fand Lauras Stimme ganz wunderschön.

»Hast du's verstanden? An dieser Haltestelle gehst du nur etwa hundert Meter durch den Autoparkplatz hindurch, und dann ist da eine Absperrung, da fängt der Waldweg zum See an. Ja? Wenn du es aus irgendeinem Grund nicht findest oder doch nicht kommen kannst, dann fahre ich nach einer halben Stunde in die Stadt zurück und warte in unserem Café.«

»Ich finde es, und ich bin da.«

»Um drei?«

»Um drei ... Laura?«

»Ja?«

»Nichts. Bis um drei.« Dann würde ich ihr alles sagen. Sie würde vielleicht schon alles wissen.

Das Ende unseres Gespräches war diesmal so leise, dass mir das Auflegen des Hörers wie purer Lärm vorkam, so vorsichtig ich es auch tat. Um drei Uhr am See ... Ich bin ein weißer Vogel, und ich werde sie finden.

Übrigens, ich vergaß es ja vor lauter Laura ganz zu erwähnen: Inzwischen war ich sechzehn geworden. Sechzehn, endlich. Mein Geburtstag geht jedes Jahr ein wenig unter, weil er am 24. Dezember ist. Natürlich feiern wir ihn »ausdrücklich noch dazu«, wie Ma immer betont, aber real heißt das: ein Extra-Geschenk am Abend, denn um am 24. morgens noch einen kleinen, separaten Geburtstagszauber zu veranstalten, dazu fehlt Ma bei all ihren Vorbereitungen an diesem Tag einfach die Zeit. Also begehen wir mein Wiegenfest immer ziemlich unauffällig, und das ist mir eigentlich ganz recht so, sonst hätte ich ja längst protestiert und einen Aufstand geprobt! Geburtstagfeiern, ich weiß auch nicht warum, finde ich bei mir selbst irgendwie doof, bei anderen nicht. Dass es mich gibt und dass ich lebe, das merke und feiere ich mehr als nur einmal im Jahr und dann eben nicht, weil's so im Kalender steht.

Wenn ich in diesem Jahr, von dem ich euch erzähle, überhaupt so eine Ahnung von Geburtstagsgefühl hatte, dann war das an Silvester: Wie ich da unter freiem Himmel stand und dem Feuerwerk zusah. Aber sechzehn war ich jetzt eben doch; das registrierte ich natürlich sehr wohl, denn mit jedem Jahr, das bei mir dazukam, konnten mir Ma und Paps weniger hineinreden in meine Angelegenheiten ... Mit sechzehn heiraten sie längst in anderen, südlicheren Ländern, und der Gedanke, der mich manchmal befiel, ob es nicht irgendwie zu früh gewesen ist, als ich das erste Mal mit Hans schlief, wurde nun blasser und blasser. In zwei Jahren, dachte ich, an jenem ersten Januar, würde ich volljährig sein und machen können, was immer ich wollte. Genug davon.

Um

Um drei Uhr am See. Am ersten Tag des Jahres um drei Uhr am See: Treffen mit Laura. Ich war sehr aufgeregt. Zweimal fragte ich den Busfahrer, ob er auch wirklich an den Waldsee fährt, und da er beim ersten Mal schon unfreundlich geworden war, wurde er bei der zweiten Frage total patzig. Fängst du ja gut an, dein Jahr, Fahrer, dachte ich und ließ das Gebell an mir abgleiten, zuckte mit den Schultern und setzte mich wieder. Jedenfalls hatte er so etwas Ähnliches wie eine Zustimmung signalisiert; ich war also im richtigen Bus. Ich lehnte mich an die Scheibe und sah verträumt zum Fenster hinaus, während die Stadt draußen an mir vorbeikroch, lautlos und irgendwie verpennt.

Die schlafen jetzt alle ihren Rausch aus, immer noch, dachte ich, und ich, ich fahre hier und treffe gleich ... den mir gemäßen Zweiten. Vielleicht, wahrscheinlich, ganz sicher ... Man sagt doch: Jedem Menschen lebt ein ihm gemäßer Zweiter.

Schließlich glitt der Bus über eine Schnellstraße dahin. Auf einmal war rechts und links alles grün, grün und weiß, mit Sonne dazwischen. Der See könnte bald kommen, ich hatte keine Lust mehr zu fragen, die wievielte Station es sein würde, bestimmt würde ich aus dem Bus heraus den Parkplatz sofort erkennen, den Laura mir beschrieben hatte. Ich brauchte den patzigen Fahrer nicht.

Zur Sicherheit stand ich aber auf und stellte mich direkt neben die Ausstiegstüre. So würde ich alles besser sehen können und, flitz, ein Sprung, und ich wär draußen. Ich stand aber noch ewig da, an dieser doofen Bustüre, und Haltestelle um Haltestelle sahen nicht so aus, wie Laura »unsere« beschrieben hatte. Es war trotzdem irgendwie okay, der Waldsee würde schon noch auftauchen ... Eher, dachte ich inbrünstig, fahre ich bis zum nächsten Silvester mit diesem Bus durch die Gegend, als dass ich an einer Haltestelle aussteige, die nicht genau so aussieht, wie Laura sie mir beschrieben hat. Ich summte eine Melodie von Chris de Burgh vor mich hin, hielt wachsam Ausschau und seufzte ab und zu. Wenn ich tief Luft holte, war mir, als würden meine Rippen auseinander springen und mein Herz käme herausgehüpft ... Also, ich fühlte mich schon ziemlich aufgeregt, aber schön aufgeregt.

Es war ganz sicher: Laura würde zuverlässig sein, und

jetzt käme hier bald die richtige ... Scheiße, hier ist es doch! Blitzschnell schaute ich mich um und verglich diese Station mit der Beschreibung in meinem Kopf: Ja, da war ein großer Parkplatz, ja, mit einer Schranke dahinter, von der ein Weg in den Wald hinein ... Jaja! Ich drückte auf den Knopf, wieso öffnete die Tür sich denn nicht? Mensch, ich würde da nie herauskommen, der Bus, der fuhr ja schon wieder! Ich hätte fast geschrien, kann ich euch sagen ...!

»Falldsä«, nuschelte der Fahrer da in sein Mikro, und ich war verwirrt und drückte wieder wie wild auf den Knopf.

»Ja, nun lassen Sie den Bus man erst anhalten, guter Gott«, sagte hinter mir eine tiefe und arrogante Frauenstimme. Ich wurde sofort ganz still und schämte mich ein bisschen: Ich Idiotin, der Bus rollte noch ...! Ich schwör's euch, ich war schon ziemlich daneben in dem Moment ... Der Bus hielt also, und ich witschte nur so raus, atmete tief ein und genierte mich gleichzeitig immer noch ein bisschen, aber dann gab es wirklich Wichtigeres – ich sah die grüne Ente.

Schnell guckte ich auf die Uhr, erst Viertel vor drei. Der Parkplatz war total voll, aber so gut wie kein Mensch zu sehen. Ich beschloss, nicht zur grünen Ente zu gehen, um hineinzustieren, ob es auch Lauras Auto ist; wessen sollte es sonst sein, und jetzt war sie hier irgendwo und musste wie ich noch eine Viertelstunde ... Da war sie! Laura!

Hinter der Schranke stand sie, auf dem Waldweg, eine dunkle, schmale Gestalt im Schnee. Das Rot ihrer Haare leuchtete; die vielen Bäume, die wie eine Kathedrale den

Weg überschirmten, hielten fast jede Sonne ab von der Lauragestalt. Laura.

Da stand sie also, im Profil, eine Silhouette, und sah mich nicht, weil sie eine Tafel zu studieren schien, die direkt hinter der rotweißen Schranke an einen Baum genagelt war. Die Silhouette wirkte ... kühn irgendwie, fast ein bisschen scharf, aber mir war sie anzuschauen so unbeschreiblich angenehm, dass mir davon ganz heiß auf der Stirn wurde. Oh Gott, wie ich wohl aussah? Ich hatte keinen Spiegel und keine Schminksachen eingesteckt, und jetzt war es todsicher zu spät, um sich noch irgendwo ... Sofort war dieser Gedanke aber wieder verflogen, denn ich konnte gar nicht anders, als direkt auf Laura zuzugehen, das war jetzt wichtiger als alle Eitelkeit, ich freute mich so! Laura sah mich immer noch nicht; dabei war ich nun höchstens zwanzig Meter entfernt. Sie schüttelte den Kopf, und ich vermute, dass sie sich damals über irgendeinen Schwachsinn aufregte, der auf dieser Tafel gestanden hat; ich kenn das auch, die schreiben manchmal wirklich Erklärungen der Natur an die Bäume ... Die meisten, die merken das gar nicht und stehen andächtig davor, während sie an jeder Blume vorbeirasen ... Jetzt sieht sie mich! Sie wendet den Kopf, wohl hat sie meine Schritte gehört, und: sieht mich. Sofort dreht sie sich ganz zu mir um, bleibt aber stehen und geht mir nicht entgegen. Sie steht einfach da, unter dem Blätterdach, wie eine Madonna mit roten Haaren, wie eine Schutzheilige, zu der der Weg hinführen muss ... Sie sah sehr schön aus, Laura, in diesem Augenblick, sehr schön

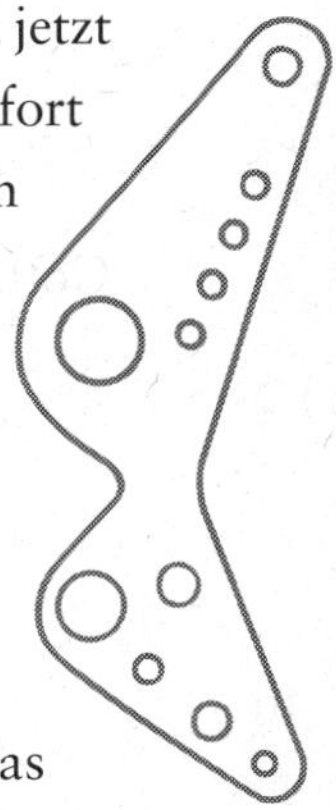

und stolz, beinahe unheimlich; ihre Augen hatten einen seltsamen Glanz. Ich blieb unwillkürlich stehen vor diesem Bild – und spürte auf einmal eine kleine Furcht, vor mir selber, vor der Liebe.

Laura nahm langsam die Hände aus ihren Hosentaschen und öffnete mit einer ganz leichten, unauffälligen Bewegung, nur andeutungsweise, die Arme. Da ging ich wieder vorwärts, auf die Gestalt zu, auf die Gestalt, die jetzt lachte, ein freies, leises und offenes Lachen, nur für mich. Ich ging immer schneller, die letzten Schritte rannte ich fast – und fand mich wieder in Lauras Arm. Ganz schnell umfasste sie mich, ganz fest. So standen wir schweigend in unserer Kathedrale und umarmten uns. Dann, für ein paar Sekunden, ließ Laura mich los, und ihre Hände glitten – als wäre es das hundertste Mal, das gab mir einen kleinen Stich – unter meine Lederjacke und strichen mir den Rücken hoch; ich konnte die Zärtlichkeit der Berührung durch die Wolle meines Pullovers hindurch spüren, ein sanfter Druck, der immer wieder nachließ. Lauras Gesicht war meinem ganz nah. Ich spürte ihren Atem an meiner Schläfe.

So sind wir gestanden, Laura und ich, Charlotte. Und wir sagten kein Wort. Plötzlich atmete ich tief, tief aus. Laura lachte leise. Dann lösten wir uns voneinander, wie auf geheimen und gleichzeitigen Entschluss, und gingen den Weg durch die Kathedrale hinauf, bis an den See. Laura legte den Arm um meine Schultern, ich den meinen um ihre Taille, die sich schmal anfühlte und angenehm.

Oben standen wir am Ufer und sahen auf den See, dessen vereiste Oberfläche in der Sonne knackte. Dann gingen wir einen Weg direkt am See entlang, eine lange, lange Zeit, Arm in Arm, ohne was zu sagen.

»Kaffee?«, fragte Laura nach vielleicht einer Dreiviertelstunde. So lange waren wir nebeneinander hergegangen, ohne ein Wort zu sagen, und es fühlte sich warm an und aufregend, aber keine einzige Sekunde lang verlegen oder komisch. Wie sie fragte, hatte ihre Stimme etwas Heiseres, Erkältetes im Klang; sie sprach sehr leise, als wären wir alleine auf der Welt, dabei überholten uns ab und zu ein paar stramme Marschierer auf ihrem Neujahrsspaziergang und jetzt eben sogar ein verrückt gewordener Jogger.

»Hat wohl gute Vorsätze gefasst heute Nacht ...«, murmelte Laura grimmig, als der Keuchmensch vorbeigeschossen war. »Dieses Sich-selbst-Stählen, diese Anti-Alter-Kampagnen! Aber wenn die eigene Oma stirbt, mit neunzig, dann sind die fassungslos, weil man den Tod eben doch nicht wegjoggen kann, Rindviecher ...«

Ich nickte. Ich wusste genau, was sie meinte. Dann sagte ich nur: »Kein Kaffee.«

Laura reagierte nicht, aber sie hatte es gehört, das spürte ich. Das war mir gleich an ihr aufgefallen: dass sie oft nicht kommentierte, was man ihr sagte. Das ist so eine Eigenart von ihr, die hat sie immer noch; sie hört einfach, sie nickt nicht, sagt nicht »hm« oder so etwas, hört einfach hin und hat es dann gehört, fertig. Das finde ich immer noch toll, diese Angewohnheit. Außer Laura hat sie, glaube ich, kein Mensch.

Wir gingen vom See weg einen kleinen Berg hinauf, auf dem ein Schlösschen stand; es schien bewirtschaftet zu sein. Hier also, dachte ich, wäre der Kaffee gewesen, nein danke. Es schien nämlich ziemlich voll zu sein in dem Schlösschen; viele Menschen mit überladenen Tabletts kamen heraus und setzten sich auf die Tischbänke, auf denen der Schnee weggeschmolzen war.

»Komm, pirschen wir an dieser Oase der Bürgerlichkeit vorbei!«, sagte Laura leise zu mir. »Dahinter gibt es eine Schlucht, da ist nie jemand. Es geht allerdings ein bisschen bergab, aber es ist ein wirklich schöner Ort.«

Wie sie »bergab« sagte ...! Es klang wie »bergauf«, so optimistisch, und sie küsste mich dabei sanft auf die Wange, und meine Stirn wurde wieder heiß.

»Bergab« ist überhaupt gar kein Ausdruck für das, was uns hinter dem Schlösschen erwartete! Aber wir schafften es ganz gut; nur einmal, als ich fast ausgerutscht wäre, griff Laura blitzschnell hinter sich nach meinem Arm, ich fing mich aber noch und winkte ab. Unten dann standen wir wie in einem Trichter aus Schnee, alle Wände um uns herum waren weiß, hoch und rund. Kein Mensch war zu sehen, keine Spur, keine Stimme zu hören. Plötzlich war da ein zweites Schlösschen, ganz verschneit, ziemlich zerfallen, es sah aus wie ein Geheimnis. Ich war total begeistert, es war so viel schöner, als das renovierte, bewirtete Ding da oben! Aber leise war ich begeistert, ganz leise, ich sagte nichts, ich wollte die Schneestille nicht zerstören. Durch die Bäume ringsum drangen ein paar Sonnenstrahlen zu uns hinunter, es war so schön ... Laura sah mich an, mit ihren grünen Augen, und ich glaube, sie konnte meine Gedanken lesen. Ihr Gesicht war ganz klar und ruhig. Liebevoll und lebhaft sah sie aus; ich nahm es wahr, und auch sie sagte nichts. Wir klopften uns den Schnee von den Jeans, denn wenn der auf dem Stoff schmilzt, gibt es eine eklige Nässe, die ganz schnell kalt wird. Dann nahm Laura meine Hand, und wir gingen langsam, als wollten wir ein Gespenst darin nicht erschrecken oder einen guten Geist, zur kleinen Ruine vor. Da war ein richtiger Eingang, mit einem kleinen Gewölbe darüber, unter dem man eintreten konnte; allerdings war man nach zehn Schritten auf der anderen Seite wieder draußen. Es war eher ein altes, zerfallenes Gewölbetor. Da standen wir nun, auf der anderen Seite, und Laura fegte mit ihrer freien Hand ein Mäuerchen – oder waren es ein paar vergessene Steinbrocken? – ab und setzte sich darauf. Ich stand unschlüssig daneben und fühlte mich auf einmal zu groß und irgendwie im Weg, bis Laura mich sanft auf ihre Knie zog. Sofort befürchtete ich, viel zu schwer zu sein, aber Laura ließ ihr rechtes Bein, auf dem ich saß, zwei- oder dreimal ziemlich rasch nach oben schnellen, bevor ich überhaupt danach fragen konnte. Da saß ich nun, ob ich wollte oder nicht, mit meinem ganzen Gewicht und konnte mich nicht mehr »leicht machen«. Ich fand mich plötzlich doof und ließ den Kopf hängen.

»Charlotte«, sagte Laura so leise, dass es kaum zu verstehen war, und sie lehnte ihre Stirn an mein Brustbein; es war merkwürdig, wie wir da saßen und dann auch irgendwie toll – und noch immer so wie »gute Freundin-

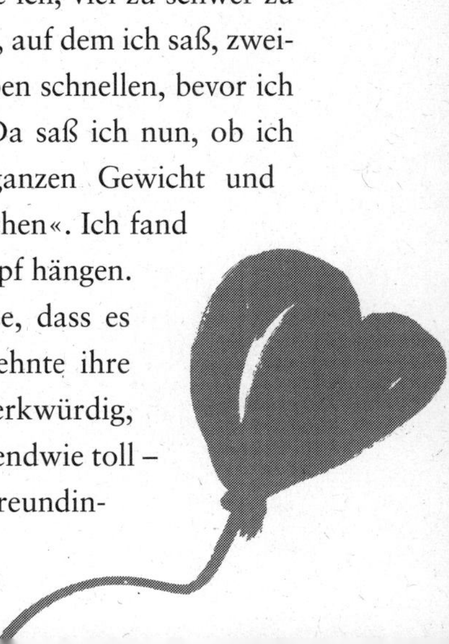

nen«. Auf einmal wollte ich viel, unglaublich viel sagen; alles auf einmal wollte ich ihr erzählen! Sonst ... Aber ich kam nicht zu einem einzigen Satz, zu keinem Wort. Ich spürte Lauras Lippen auf meinen, so weich. Sie hatte den Kopf gehoben und zu mir aufgesehen, ich zu ihr herab und dann ... war es so. Es wurde ein wirklicher Kuss, total intensiv, viel intensiver als je mit einem Jungen, viel zärtlicher. Ich legte meinen Arm fester um Lauras Hals, und sie hatte eine Hand in meinem Nacken, die mich massierte und sanft streichelte; es war wahnsinnig schön. Bestimmt aber, dachte ich, hat Laura schon viele geküsst, denn sie hatte ein paar unauffällige Tricks, diesen ersten Kuss immer dann, wenn er eigentlich zu enden schien, noch einmal beginnen zu lassen, schöner und tiefer. Es war, als führte das Tor am Ende eines Gartens in einen noch bunteren Garten mit noch mehr Blumen, immer wieder; es ging mir durch und durch und als sie unter meine Jacke an meine Brüste fasste, da wollte ich es. Es war nicht eine Sekunde lang sonderbar, dass ich hier so mit einer Frau saß. Es war einfach. Unser Spiel wurde dann fester, härter, und wir küssten uns wirklich wild; Laura löste mir das Haarband, und ich ließ meine Hand reisen, von ihrer Schulter abwärts, noch ein Stückchen, weiter traute ich mich nicht. Schließlich endete der Kuss, und wir beide tauchten wie aus einem warmen Meer auf; und die Sonne blendete uns fast. Lauras Gesicht war weit weg, sehr ernst, und wie ein Teil von mir, trotzdem. Sie war ich, und ich war sie in diesem Augenblick. Wir sahen uns lange an. Dann nahm Laura meine Hand, die rechte, und führte sie behutsam zu ihrer Brust. Mir war ganz liebevoll, und ich ließ es geschehen. Als meine Hand das weiche Rund berührte, schloss ich die Augen. Plötzlich war ich der Spiegelmensch, und Laura, die meine Hand führte, auch. Unter ihrem Pullover war ein Hemd, ich öffnete die Knöpfe vorsichtig, mit geschlossenen Augen; Lauras Hand war immer bei mir. Dann führte ihre Hand meine Hand die Haut hinab, bis zu den Brustspitzen. Ich berührte sie, erst scheu und dann fester, sie wurden hart unter meinen Fingern; es war ein unbeschreibliches Gefühl. Alle Frauen dieser Welt sind so, dachte ich in diesem Moment, sind so wundervoll, alle Frauen haben so wunderbare weiche Brüste, die sich verändern können und die sagen: Ich will dich – und das war ein Augenblick, in dem ich unendlich viel begriff. Nichts auf der Welt gleicht der Zartheit einer Frau.

Dann, nach vielen, kleinen Millimeterzärtlichkeiten, zog ich langsam meine Hand zurück und machte die Knöpfe wieder zu. Laura half mir ein bisschen, und unsere Hände spielten miteinander und verstanden sich.

»Ich möchte, dass wir zu mir gehen«, sagte Laura dann, ohne irgendeine komische Verlegenheit, eher klang es beschützend und sanft.

Von Hans kannte ich die jähe Hektik ab dem Moment, von dem an er mit mir ins Bett wollte; natürlich hat er sie mir nie so offen gezeigt, aber da war sie eben doch. So etwas Drängeliges, was dann, wenn »es vorbei« war, auch wieder ganz schnell in Desinteressiertheit umschlagen konnte, ganz egal wie bemüht wir dann noch gesprochen haben. Das hat mich immer verletzt, auch wenn ich es nie vor mir selbst wahrhaben wollte und die liebevoll Erfüllte spielte. Ich glaube jetzt eben, dass ich das so nicht wollte, es war eher die Angst, Hans zu verlieren, die mich so reagieren ließ. Ich liebte ihn zu seinen Bedingungen.

Wir zwei, Laura und ich, standen nun ganz einfach auf, eine wortlos auf die andere bedacht, und Laura band mir die Haare wieder zusammen, nachdem sie mit gerunzelter Stirn mein Haarband überall gesucht hatte. Dann gingen wir zurück den Abhang hoch, den wir gekommen waren, und sahen noch einmal auf die kleine Ruine hinunter und hielten uns fest, wenn wir ins Rutschen kamen, und lachten uns an und blieben zweimal an waghalsigen Stellen stehen, um uns zu küssen.

Ehe wir dann vom See zum Parkplatz abbogen, wollten wir noch ein paar Minuten am Ufer stehen. Ich stützte mich auf eine Eisenstange, die wahrscheinlich verhindern sollte, dass im See geschwommen oder im Winter auf dem Eis Schlittschuh gelaufen wird, und Laura war ganz dicht bei mir, hinter mir; sie stand sehr aufrecht, und ihr Arm lag auf meinem Rücken, ihre Hand streichelte meinen Nacken. Wir sahen geradeaus auf die Seefläche, die das Sonnenlicht so schön mattrot spiegelte. Bald würde es Nacht sein.

»Was denkst du?«, fragte ich.

»An dich«, sagte Laura. Dann schwiegen wir wieder eine Zeit lang. »Weißt du, Charlotte«, sagte Laura dann, und sie sah dabei noch immer auf den See hinaus, »manchmal glaube ich, dass dies die letzten Tage im Frieden sind, die letzten Chancen der Liebe. Vielleicht geschieht etwas, irgendetwas Großes, Gewaltiges, Dunkles, und wir werden uns alle einmal an diese Zeit, in der wir so aneinander vorbeirannten und uns unterdrückten, einander betrogen, als an ein versäumtes Paradies zurückerinnern.«

Ich nickte. Ja, das war es, was auch ich schon häufig gedacht hatte – und noch heute denken wir beide so, Laura und ich.

»Die Liebe«, sagte sie damals noch, »ist doch das einzige Land, in dem wir wirklich leben können.«

Es klang traurig und entschlossen, und es lag eine große Zärtlichkeit in diesen Worten; ich habe sie nie vergessen, und darum gehören sie jetzt auch hierher. Ich lehnte meinen Kopf zurück an Lauras Hand. So standen wir eine ganze Weile. Dann richtete ich mich auf.

Die Autofahrt war ruhig, und wir hörten keine Musik. Wir hielten uns dicht beieinander.

Lauras Wohnung, in einem Altbau in der Stadtmitte, wirkte irgendwie verlassen. Ein Billardtisch stand gleich im Flur, wuchtig und mit bunten Kugeln; viele Zeichnungen hingen überall; rechts und links vom Flur ab lagen dunkle, geheimnisvolle Räume.

»Jetzt bist du da«, sagte Laura leise, als sie die Türe hinter uns geschlossen hatte, mir die Jacke abnahm und über einen Stuhl legte. Ich wagte nicht, mich genau umzusehen in Lauras Welt, aber was ich sah, war bunt und ein bisschen zerschlissen und hatte eine gute, irgendwie arbeitsame Atmosphäre.

»Komm«, sagte sie, machte das Licht im Flur aus, ging in einen der dunklen Räume und zündete dort eine Kerze an. Als meine Augen sich wieder orientieren konnten, folgte ich ihr. Sie stand da, neben einem Bett, auf dem viele Decken und Kissen lagen, und streckte mir eine Hand entgegen. Die Art ihrer Bewegung war genauso verhalten wie heute Nachmittag, als sie die Arme für mich öffnete. Ich ging zu ihr hin und wollte in ihrem Arm sein; ich spürte, ich hatte sie sehr lieb.

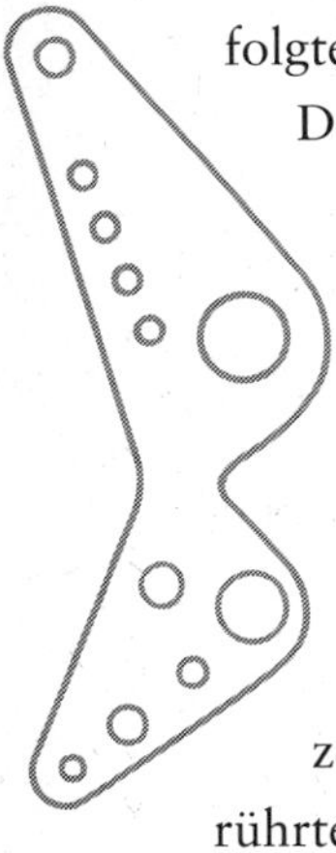

Das erste Mal ... Das erste Mal mit einer Frau war sanft und ruhig. Lauras Körper fühlte sich für mich an, als wäre ich ihn längst gewohnt. Wir zogen uns aus, ohne Eile, und betrachteten und berührten uns. Einen Moment lang, als Laura mich nackt vor sich sah, waren ihre Augen voller Tränen; dann zog sie mich an sich, ganz fest, und machte ein Tor nach dem anderen auf, für mich; es war wie beim Kuss in der Schlucht. Ich hatte eigentlich gedacht – und das auch schon irgendwo einmal gelesen –, dass zwei Frauen im Grunde versuchen, die Liebe zwischen Mann und Frau zu imitieren; man hört ja auch allerlei, von Ersatzteilen und so, da leben ja angeblich ganze Industrien davon. Also von uns sehen die keine Mark, und ich glaube, von sehr vielen anderen Frauenpaaren auch nicht. Laura streichelte und küsste mich überall, dann massierte sie meinen Rücken und ich winkelte die Beine an, wie ein Embryo, mir war so wohl ... Laura, mit ganz liebevollen, kleinen Bewegungen, brachte mich dann irgendwie zum Knien und war ganz dicht hinter mir, ich konnte ihren Bauch und ihre Brüste an meinem Rücken spüren. Sie griff mit einer Hand vor und mit der anderen hinter meinen Schoß und streichelte mich, dazu bewegte sie sich sanft und stieß mir manchmal mit dem Körper in den Rücken; später faltete sie die Hände unter meinem Schoß; ich konnte ihren Pulsschlag an meiner empfindlichsten Stelle spüren. Wir wurden schneller, immer schneller, bis der Himmel über meiner Stirn aufriss und ich meinen Schrei hören konnte. Wir atmeten beide schwer; erst jetzt merkte ich, dass auch Laura gefühlt haben musste. Wir blieben eine Weile so, dann lösten wir uns voneinander und legten uns hin, eng umschlungen. So war unser erstes Mal.

Diese Nacht wurde noch sehr lang und sehr zart; es gibt viele Möglichkeiten, wie Frauen Liebe machen können, tausend, glaube ich! Als wir uns eine Weile kannten, zeigte mir Laura, wie schön es ist, wenn eine Frau die Zunge der anderen im Schoß spürt, und als ich es das erste Mal tat, merkte ich, dass man die Frau, bei der man es macht, wirklich gut kennen muss, damit sie sich loslassen kann ... Und ich merkte auch, dass es nichts Schlimmeres in der Liebe gibt als falsche Hemmungen oder wenn man nicht genug miteinander über das Erlebte spricht.

Wir haben mittlerweile viele Vorlieben, wie jedes Paar. Am liebsten sind wir so lange zusammen, bis keine mehr einen Orgasmus bekommen kann, manchmal kann das endlos lange dauern, und wir erfinden immer neue Arten füreinander, um uns glücklich zu machen. Es ist ein endloses Spiel. Das wissen die meisten nicht, und darum sag ich es jetzt einmal. Und wenn es Hans liest, der so von oben herab meinte, zwei Frauen wären sowieso nur eine halbe Sache, bloß weil da kein Schwanz dabei ist, dann soll er es ruhig lesen; es schadet ihm gar nichts! Zwei Frauen, die sich wollen und die Fantasie haben, brauchen niemanden sonst in der ganzen Welt, um erfüllt und glücklich zu sein. Diese Liebe hat genauso viel oder so wenig Möglichkeiten wie jede andere, jede. So, das war das!

In unserer ersten Nacht bei Laura gab's aber doch noch einen kleinen Missklang – ihr könnt es euch denken, meine Eltern. Plötzlich – es wurde draußen fast schon Tag, und wir waren gerade dabei, wirklich einzuschlafen – fielen sie mir ein ... Mensch! Die wussten ja noch nicht einmal, wo ich war! Und ich ... Ma würde es sich vielleicht denken, aber ... Trotzdem, sicher konnte sie ja nicht sein, ich musste also schnell Bescheid sagen, am Ende haben die schon die Polizei gerufen oder sonst was! Scheiße!

»Laura ...?«, fragte ich leise, und sie sagte »Hm?«, war schon so gut wie im Traumland, mich fest in ihrem Arm. »Kann ich mal telefonieren, ich habe ... Meine Eltern, die hab ich total vergessen!«

Da wurde Laura wach, sofort, sie sah mich an, und ich konnte beim letzten Licht, das die schon arg verkümmerte Kerze hergab, deutlich erkennen, wie ihre Augen blitzten. Zwei Sekunden später lachte sie laut los: »Oje, die Armen, die teilen jetzt endlich das Schicksal mit Millionen und Millionen anderen ...!

Weißt du, irgendwann werden alle Eltern das erste Mal über Nacht von ihren Kindern vergessen. Die Klugen unter ihnen, die wissen das längst.«

»Aber meine vielleicht doch nicht ...«

Laura nickte, beugte sich neben das Bett hinunter und hielt mir das Telefon hin. »Seit es dich gibt, Charlotte, seitdem steht der Apparat neben dem Bett.«

Sie gab mir einen kleinen Kuss, und ich setzte mich auf; irgendwie konnte ich ausgeschlossen im Liegen dieses saublöde Telefonat führen. Ich war doch schon eine Frau, und nun sollte ich ... Egal, ich sah meine Ma vor mir, wie sie vielleicht nicht schlafen konnte vor Sorge, dann wählte ich kurz entschlossen unsere Nummer. Mein Herz raste, ganz mulmig war es mir.

Ma war nach dem dritten Klingeln am Apparat. Gott sei Dank Ma und nicht ...

»Wo bist du denn?«, fragte sie sofort, und es klang für ihre Verhältnisse geradezu neugierig. Laura sah mich auf einmal an, als wäre sie böse, wenn ich jetzt nicht deutlich werden würde, sondern irgendetwas Verwaschenes daherredete.

»Bei Laura Eving.«

Laura nickte und legte sich wieder zurück. Sie streichelte sanft meinen Rücken, und Ma sagte: »Ach.«

»Ich bleibe bis morgen nach dem Frühstück.«

»Ja«, sagte Ma, wie erschlagen. Dann fügte sie plötzlich entschlossen hinzu: »Das ist ja auch ganz normal, Charlotte, ich werde Paps sagen, du seist bei einer Freundin geblieben. Es ... Es stimmt ja auch.«

Trotz ihres entschiedenen Tonfalls wirkte Ma nahezu verzweifelt, und ich dachte daran, wie sie jetzt wohl dastand, am Telefon oben, in ihrem dünnen, seidenen Morgenrock, und wie sie gleich zurück zu Paps ins Bett gehen und ihm auf eine brummig verschlafene Frage nur die halbe Wahrheit sagen würde, natürlich. Wir hatten uns so schön geliebt, Laura und ich, wir zwei, das spürte ich so sehr, würden zusammenbleiben wollen – und jetzt sollte das alles nicht wahr sein dürfen ...?

»Mama«, sagte ich tonlos, »du weißt genau, dass es so nicht stimmt.«

Ma wurde das Gespräch jetzt unangenehm. »Kind, das können wir ja ein andermal bereden. Jetzt werde ich es erst einmal deinem Vater so sagen.«

»Ich werde bald mit euch sprechen«, sagte ich nur, dann hängte ich ein. Ich konnte dieses Gespräch einfach nicht länger ertragen. Hauptsache war, dass sie jetzt wussten, wo ich war. Ich stellte das Telefon weg und dachte plötzlich, dass Ma sicher von Anfang an gespürt hat, mit wem ich den Tag über zusammen war, und die Nacht, und dass sie sich bestimmt nicht gesorgt hat ...

»Schlimm?«, fragte Laura. »Soll ich was machen? Mit ihnen reden?«

Ich schüttelte den Kopf. Nein, das war meine Sache. Wir schwiegen, und langsam kuschelte ich mich wieder in Lauras Arm. Ich fühlte mich ein bisschen verlassen, aber sie merkte es sofort, und dann sprachen wir lange über Paps und Ma und über Jo und über mein Gespräch mit Ma am zweiten Weihnachtsfeiertag und über den viel zu großen

Altersunterschied, wie Ma meinte. Laura fragte mich, ob sie mir zu alt sei, und ich musste lachen. Dann lachte sie auch, aber erst dann.

»Ich habe Ma deinen Nachnamen gesagt.«

Laura nickte. Dann sagte sie, dass sie glaube, mein Gespräch mit Ma hätte viel schlimmer ausgehen können, und dass ich eigentlich froh sein müsse, dass meine Ma zumindest wisse, was in meinem Leben sei und ich nicht zu lügen brauche, wie es andere Mädchen manchmal täten, die eine Frau liebten.

»Ja?«, fragte ich.

Laura nickte. »Ich finde es immer falsch. Ich habe von Heimlichkeiten immer abgeraten, das ist unwürdig für alles, was mit Liebe zu tun hat, und einen Sinn sehe ich im Verbergen grundsätzlich nicht. Du bist sechzehn, du kannst machen, was du willst. Manchmal denke ich, dass Eltern die Eifersucht in Person sind. Die merken genau, was enge Beziehungen sind. Also, im Grunde kannst du über deine Mutter froh sein, glaube es mir.«

Ich seufzte und nickte, wahrscheinlich hatte Laura Recht. Dann redeten wir über ihre Eltern und wie das alles war – viel einfacher als bei mir.

»Ich hab dich sehr lieb. Eigentlich haben wir keine Sorgen, Charlotte«, sagte Laura noch, und ich nickte, und mir war wieder ganz warm. Ich glaube, in dieser Nacht wurde ich ein Riesenstück erwachsen – und frei.

Irgendwann schliefen wir totmüde ein.

Am nächsten Tag, dem zweiten Januar dieses neuen Jahres, dem ersten Tag unserer gemeinsamen Zeit, Lauras und meiner, die damals begann und für immer dauern soll – an diesem zweiten Januar fühlte ich mich ... ganz. Schöner und genauer kann ich euch dieses Gefühl nicht beschreiben: Ich fühlte mich angelangt. Ich war total ruhig, und mir war wohl und so, als ob ich flöge.

Nachdem wir eng umschlungen und einander auch seelisch sehr nah aufgewacht waren, ein wenig geflüstert und geschmust hatten, beschlossen wir, gemeinsam zu duschen. Zunächst wurden wir ziemlich albern dabei, und dann plötzlich ganz ernst. Da standen wir auf einmal, in Lauras Badezimmer, nackt, und sahen uns schweigend an.

»Wird schon alles«, flüsterte Laura nach einem langen Augenblick ganz leise und küsste mich auf die Stirn. Schließlich zogen wir uns an, und Laura machte in der Küche Kaffee für uns. Dazu zerschnitt sie eine Mango, die so schön auf dem Küchentisch ausgesehen hatte, die aber, ehrlich gesagt, noch viel besser schmeckte. Das war unser ganzes Frühstück, und wir fanden es wunderbar, besonders den starken Kaffee mit viel Milch; es war, als ob durch ihn die Körperkraft, die uns die Liebe genommen hatte, in unsere Adern zurückfloss.

Laura entschuldigte sich dafür, dass sie auf kein »richtiges« Frühstück eingerichtet sei. Das wäre bei ihr manchmal so; dafür gäbe es an anderen Tagen dann ein »ganz fulminantes« ... Dann winkte sie ab, unterbrach ihre Erklärungen, als wären sie das Langweiligste auf der ganzen Welt, holte aus dem Kühlschrank eine Flasche Sekt und öffnete sie wie ein Kellner, der sein Leben lang nichts anderes getan hat. Der Sekt floss schäumend und fast geräuschlos in die Gläser; Laura sagte »Premierenzauber ...« und lachte dabei ein total liebes, kleines Lachen, das irgendwie ziemlich verlebt war und zugleich doch nur für mich, für mich ganz allein. Um ihren Mund war ein Zug, den man beinahe schon zynisch nennen konnte, vielleicht hatte sie vor mir schon viele Hoffnungen gehabt und keine ... Aber ihre Augen leuchteten, ganz grün und ganz klar. Als sähe sie der Liebe das erste Mal ins Gesicht. Wir saßen da, an diesem Steintisch in ihrer Küche und waren die einzigen Menschen auf der Welt und sagten nicht viel und tranken Kaffee und Sekt, aßen die Mango und waren sehr, sehr verliebt. Manchmal fanden sich unsere Hände und streichelten sich. Ja, es war »kitschig« – na und? Es gibt Sonnenaufgänge, und keiner, der einen sieht, würde wegrennen davor!

»Meine Eltern ...«, sagte ich da plötzlich und stellte rasch die Tasse ab; Laura nickte. Dann, als wäre es die selbstverständlichste Sache im Universum, ganz ruhig, sagte sie nur: »Hier kannst du ab jetzt immer sein. Heute Nacht und morgen Nacht und immer. Rede mit ihnen darüber, das ist mir wichtig. Sag ihnen bitte, wo du bist.« Sie trank einen Schluck Kaffee und setzte noch hinzu: »Du wirst es schon richtig machen, Charlotte.«

Ich nickte zögernd, und plötzlich fing in mir etwas zu strahlen an – das Heimgehen-Müssen war ab diesem

Moment überhaupt nicht mehr schlimm; es war etwas Notwendiges, etwas Vorübergehendes! Ich dachte an die Nähe der Nacht, die wir, Laura, meine Geliebte, und ich, gehabt hatten und daran, wie wir eingeschlafen waren und dass es von jetzt an in mir sein würde: Dieses Gefühl der absoluten Geborgenheit, der Zugehörigkeit, dass ich nie mehr darüber würde auch nur mit einem Wort sprechen müssen, darüber, dass ich zu Laura gehörte ... Sie hatte es so selbstverständlich gesagt und so Vertrauenerweckend. Ich saß da und machte keinen Mucks und verzog, glaube ich, auch keine Miene und fühlte eine große Wärme. Dies war das Leben, das wirkliche Leben. Meins.

Laura

Laura brachte mich mit dem Auto bis zur nächsten Bushaltestelle; eigentlich wollte sie mich heimfahren, aber das war mir nicht recht. Sie wartete also mit mir im grünen Ungetüm, bis der Bus kam. Wir hielten einander die Hände, mir war jetzt doch ein bisschen mulmig.

»Ich bin da«, sagte Laura nur zum Abschied. Wir verabredeten keine Zeit, wann ich wieder bei ihr sein sollte, es kam ja ganz darauf an, wie es zu Hause werden würde ...

Um mit dem Bus von »Lauras« Haltestelle zu meinem Elternhaus zu gelangen, musste ich einmal umsteigen, und zwar ganz in der Nähe meiner Schule. Wie ich dort auf den anderen Bus wartete und Laura ziemlich vermisste und eigentlich nicht unbedingt nach Hause wollte – obwohl ich fühlte, ich musste es –, beschloss ich, erst einmal im Café vorbeizuschauen. Ich kannte die genauen Abfahrtszeiten der Busse und wusste, dass zwei auszulassen einen Cappuccino in Ruhe bedeutete, und den wollte ich mir jetzt einfach gönnen – wer weiß, was heute noch auf mich zukam ...

Im Café saß kaum jemand; es waren schließlich Weihnachtsferien. Aber wisst ihr, wer dort ausgerechnet an diesem zweiten Januar, mutterseelenallein, saß ...? Annelen. Wirklich, Anne, ausgerechnet! Ich wollte sie wirklich nicht treffen in diesem Augenblick, ehrlich nicht, aber da war es auch schon zu spät; sie hatte mich gesehen. Sie trug ein komisch kariertes, irgendwie intellektuelles Kostüm; wahrscheinlich sollte das den neuesten Schrei vorstellen. Besonders vertieft kann sie in die Zeitung, die vor ihr ausgebreitet lag, nicht gewesen sein, denn sie hatte – sozusagen im Nebenblick – die Türe des Cafés scharf im Auge. Sobald sie mich erblickte, schob sie die »Neuesten Nachrichten« auf dem Bistrotisch von sich weg und rief lautstark durch den ganzen Raum: »He, Charly!!! Charlotte! Hie-er!«

Ich sah keine Fluchtmöglichkeit und nickte nur noch ergeben. Vielleicht war es Schicksal, zumindest das Schicksal meiner nächsten Lebensstunde; so viel war klar ...

»Hier, komm! Hier ist noch jede Menge Platz frei!«

Und ganz hippelig vor Freude rückte Anne an einem Stuhl herum, der neben dem ihren stand. Irgendwie lieb war das trotz allem anzusehen, rührend, als hätte sie schrecklich langweilige Festtage gehabt und sich nur nach diesem Augenblick gesehnt, in dem sie einen Menschen traf, mit dem sie wieder einmal so richtig reden konnte.

In dem Moment, in dem ich ihren Tisch erreicht hatte, stand sie auf und wir umarmten uns, wie immer seit einiger Zeit, und gaben uns auch das obligatorische Küsschen auf die Wange, obwohl es mir plötzlich nicht mehr so selbstverständlich schien wie all die Monate zuvor. Dann, als sie sich wieder hingesetzt hatte, sagte Anne: »Du siehst ganz anders aus ...«, und in ihrer Stimme war etwas Neugieriges, Gespanntes, auch Besorgtes. Ich zuckte mit den Schultern, streifte meine Jacke ab und setzte mich ihr gegenüber. Die Cousine von Ursula, der Cafépächterin, kam sofort zu uns herübergerudert; schließlich war ja heute nix los. Die Cousine hilft in den Ferien im Café immer aus, weil da keiner von uns Schülern jobben will, zumindest meistens nicht. Wir alle finden sie ziemlich bescheuert; sie bringt nämlich immer etwas, was kein Mensch bestellt hat. Deswegen heißt sie schon im ganzen Café »Madame Ü«, wegen der Überraschung.

»Eine Tasse Schokolade bitte«, sagte ich nun, und genauso gut hätte ich es auf Chinesisch sagen können. Madame Ü nickte aber beflissen und ruderte wieder davon, zum ersten Mal sah ich an diesem Morgen, dass sie eine unmögliche Figur hatte, obwohl sie noch keine vierzig sein konnte – fett und unbeweglich ... Eine Sekunde lang schoss mir Lauras Bild durch den Kopf, ihr Körper, ihre Beweglichkeit ... Laura.

»Warst du ... nicht zu Hause heute Nacht?«,

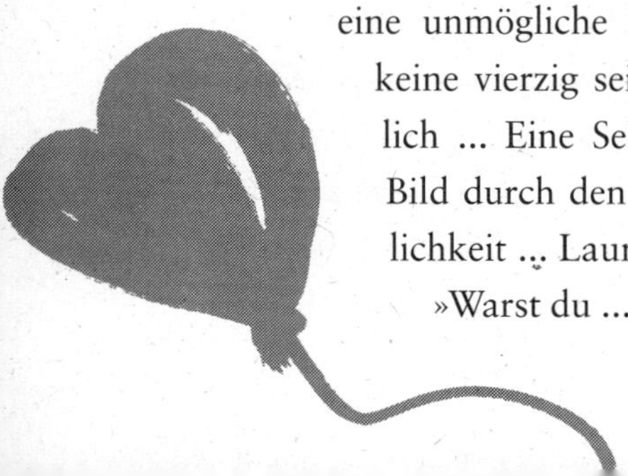

fragte Anne plump. Sie hatte mich wie eine Aufseherin beobachtet; ich bemerkte es, obwohl ich Madame Ü noch hinterhersah.

»Wieso?« Jetzt wandte ich mich um.

»Deine Haare ... dieses komische Parfüm ... Es wirkt eben SO.«

Wie im Reflex griff ich in mein Haar, das wir mit einem Gummiband von Lauras Schreibtisch ganz rasch noch zusammengebunden hatten, weil Laura mein Haarband behalten wollte. Und ihr Duschgel, Lauras Duschgel, roch wirklich anders als alles, was ich benutzte, herber, ein großartiger Geruch war es aber auf jeden Fall, und ich fühlte mich sehr wohl damit. Ich lächelte. Dann dachte ich: Wenn Annelen das mit der Wäsche wüsste ...! Meinen Slip und das kleine Baumwollhemdchen hatte ich heute Morgen, so frisch geduscht, nicht noch einmal anziehen wollen, also trug ich nur Jeans und Wollpullover auf der nackten Haut und hatte die Wäsche zusammengeknüllt in der Innentasche meiner Lederjacke – und gute Lust, Anne das Bündel, das Spuren größerer Erregung trug, einfach unter ihre neugierige Nase zu halten! Aber natürlich tat ich das nicht. Ich lehnte mich zurück und sah Anne an. Sie grinste ein wenig unbeholfen. Ich selbst ließ mein Gesicht machen, was immer es wollte, es lachte ganz still aus jedem Winkel, glaube ich. Mir war, als hätte ich im Blau der Nacht gebadet und mit den Sternen des Himmels gespielt, als hätten die Wolken mich bedeckt und der Regen mich gewaschen.

»Du bist ja nicht gerade sehr gesprächig.«

»Nein?«, fragte ich belustigt, und dann ging ich zum

Gegenangriff über. »Wie waren deine Feiertage, Anne? Großes Konzert?«

»Ach … Es war ganz schön. Mein Vater sagt jetzt, ich könne Musik studieren, wo ich will, sogar im Ausland. Das hat er letztes Jahr noch nicht gesagt. Also …«

»… Die Nerverei hat sich gelohnt«, fiel ich Anne ins Wort.

»Ja«, sagte sie beleidigt. Und dann sagte sie nichts mehr.

Wenig später brachte mir Madame Ü mit der Miene eines englischen Butlers eine heiße Zitrone.

»Auch gut«, sagte ich nur, und Madame Ü sah mich von oben herab erstaunt und unendlich vornehm an, dann zuckte sie mit den Schultern und ruderte schließlich, in aller Butlerdiskretion, wieder weg.

Ich stützte meinen linken Ellenbogen auf der Tischplatte auf und schaufelte mit der rechten Hand Unmengen von Zucker in das heiße Getränk; dann rührte ich um, als hätte ich sonst nichts mehr auf dieser Welt zu tun – so langsam und so konzentriert. Und, was Anne am meisten störte: Ich schwieg. Dann hielt sie es nicht mehr aus.

»Nun sag schon!«, platzte sie heraus.

Ich sagte immer noch nichts und trank mit kleinen Schlucken die heiße Zitrone und musste mich gar nicht anstrengen, um nicht sofort eine Antwort zu geben; innerlich war ich sehr weit fort, irgendwie vernebelt, nur meldete sich in mir eine matte Wut über Annes gottverdammte Neugier – und eine heimliche Freude darüber auch, nur war sie wie hinter Milchglas. Ich befand mich hier in diesem Café – und doch in einer anderen Welt.

»Heute früh«, sagte Anne da, »habe ich nämlich bei dir angerufen, so etwa um halb elf, um zu fragen, ob du mit mir frühstücken gehst ... Deine Mutter hat gesagt, du seist bei einer Freundin über Nacht ... Und es klang so, als ob sie es selbst nicht glaubt. Welche Freundin sollte es außerdem sein, Charly? Also mir gegenüber müsstest du dir da schon was anderes einfallen lassen. Wo warst du also wirklich? Bei Hans? War was ... Besonderes?«

»Quatsch, Hans ...«, brummte ich. Und dann sagte ich es. »Ich war ... bei meiner Freundin. Bei einer Frau.«

»Ach komm Mensch, jetzt sag mir doch, wo!«

»Bei einer Frau!« Ich blieb ganz ruhig. Und setzte dann, damit Anne es endlich kapierte, ganz unmissverständlich hinzu: »Mit einer Frau. Mit einer Frau zusammen.«

Anne starrte mich begriffsstutzig an. Dann, unendlich langsam, fiel der Groschen.

»Naa-ii-n!«, stöhnte sie da nur, als hätte ich ihr etwas ganz Entsetzliches erzählt. »Echt? Wo denn?«

»Auf dem Mond«, sagte ich knapp. Ehrlich, »wo denn«, das war doch jetzt das absolut Unwichtigste!

»Ich meine ...«, Anne raufte sich das toupierte Haar und beugte sich vor, sie flüsterte fast, »... echt?«

»Ja.«

Ich sah ihr voll ins Gesicht. Darin lag eine Mischung aus Neugier, Erregung und Entsetzen. Ich selbst fühlte so etwas wie Trotz und ein ungenaues Glück und einen unbeschreiblichen Stolz. Etwas in mir sagte mir, dass Anne, was immer ich ihr jetzt erzählte, morgen als »großes Geheimnis« an alle möglichen Leute weiterplappern würde, einfach, weil sie selbst damit nichtklar kam, und in dieser Sekunde wusste ich, dass unser beider Freundschaft, die Kinderfreundschaft, die Indianerzeit, zu Ende war. Und dass wir uns als fremde junge Frauen gegenübersaßen, die sich etwas erzählten und die sich nicht verstanden und die einander doch auf irgendeine Art brauchten, zumindest eine Zeit lang noch.

»Erzähl!«, sagte Anne und rückte ganz vor auf ihrem Stuhl; sie beugte sich jetzt fast über das ganze Bistro-Tischchen zu mir. »Erzähl doch!«

»Es gibt nichts zu sagen, eigentlich wirklich nicht. Ich habe eine Frau geliebt heute Nacht, und sie mich, ich kenne sie schon länger, und das ist ...«

»Wer ist es?«, fragte Anne dazwischen.

Du kennst sie nicht, wollte ich entgegnen, aber im nächsten Moment fiel mir ein, dass das ja gar nicht stimmte. »Kannst du ... Kannst du dich an die Frau erinnern, die uns in »Don Giovanni« vor der Vorstellung fragte, ob wir ein Programmheft brauchten?«

Anne verzog das Gesicht, so scharf dachte sie nach. Dann schüttelte sie den Kopf. Und dann rief sie urplötzlich: »Doch! So eine Rothaarige! Genau! ... Was, die? Du kanntest sie? Ihr wart euch doch total fremd! ... Oder habt ihr bloß so getan?!«

Ich nickte nur.

»Und da erzählst du mir nichts davon?! Keinen Mucks?! Und machst mir noch eine große Show vor?! Na, du bist ja gut! Hab ich doch Recht gehabt, deine Augen waren anders nach der Vorstellung! Einen Dreck hatte das mit Mozart zu tun! Du bist ja gut!«

»Es hatte auch mit Mozart zu tun«, sagte ich leise. Aber Anne hörte gar nicht hin.

»Und ich erfahre das alles zuletzt, natürlich! Ich bin ja auch nur die beste Freundin! Pah, schöne Freundin! Mit einer Frau ist sie zusammen, und mir sagt sie, mit Jungs kann man nicht reden, dabei ist sie klammheimlich ... Weißt du, Charly, mit dir kann man nicht reden! So ist das!«

Anne war violett geworden vor Zorn.

»Jeder wirkliche Anfang darf ein Geheimnis sein, ganz gleich vor wem«, sagte ich da.

Ich sagte natürlich nicht, dass dieser Satz gar nicht von mir, sondern von Laura war; es spielte jetzt auch keine Rolle mehr. Dieser Satz war unser beider Eigentum geworden ...

»Und ich finde total blöd, Anne, dass du dich kein bisschen mit mir freust. Ich bin so glücklich, und du merkst es nicht einmal. Und fragen, wirklich fragen, tust du mich auch nichts. Du reagierst ja schlimmer als meine Mutter!«

Daraufhin merkte Anne irgendwie, dass sie im Augenblick nicht gerade die Einfühlsamkeit in Person war, und sie sackte merklich in sich zusammen und schwieg. Ziemlich verlegen sah es aus. Aber kein Ton einer Entschuldigung kam über ihre Lippen. Und dann fragte sie mich: »Wie ... wie ist es denn ... mit einer Frau? Charly, wie ist es überhaupt ...?«

»Schön«, sagte ich.

Mehr nicht. Aber ich spürte genau, dass Anne dieses Gespräch erregte. Sie riss die Augen auf und fragte: »Kann man da Aids kriegen? Ist es nicht irgendwie ...?«

»Nein«, sagte ich nur trocken. »Ist es nicht.«

»Ja, und Hans?«

»Es ist aus. War schon vorher aus.«

»Spinnst du?« Anne schien jetzt wirklich die Welt nicht mehr zu verstehen.

Sie, die ihren Hajo so gern erst einmal hätte, konnte es gar nicht fassen, dass eine andere ganz einfach ...

»Aus?«

»Aus, ja. Wegen Laura. Und?«

»Laura. Das ist also ... sie.«

»Ja. Laura Eving. Vor keinem Menschen mehr ein Geheimnis.«

Ich fühlte mich auf einmal sehr stark. Wirklich stark, ganz leise und warm.

»Und ... was macht diese Laura Eving?«

»Sie ist Pennerin auf dem Bahnhofsgelände, und ihre Arbeit ist das Läusezählen.«

Ich wollte Anne jetzt einfach ärgern, und ich glaube, es ist mir tatsächlich auch gelungen. Wir schwiegen nämlich jetzt ziemlich frostig. Ich hätte gern ein gutes Gespräch mit ihr gehabt, aber es ging irgendwie nicht – ich weiß auch nicht warum. Auf einmal lebten wir in zwei verschiedenen Welten. Wir mochten uns wirklich, aber der Regenbogen

unserer Kinderjahre konnte jetzt einfach nicht länger von ihr zu mir gespannt bleiben; er war gerissen, und an diesem Nachmittag wurde es uns endgültig bewusst. Es war eigentlich furchtbar. Auf einmal gab es nichts mehr zu sagen. Anne merkte es auch, das mit dem Regenbogen, aber sie konnte es nicht so einfach hinnehmen. Plötzlich sagte sie, als wolle sie damit alle Missverständnisse dieses zufälligen Treffens und all unsere Verschiedenheit zusammenfassen: »Ich möchte Musik studieren und Kinder haben und einen Mann.«

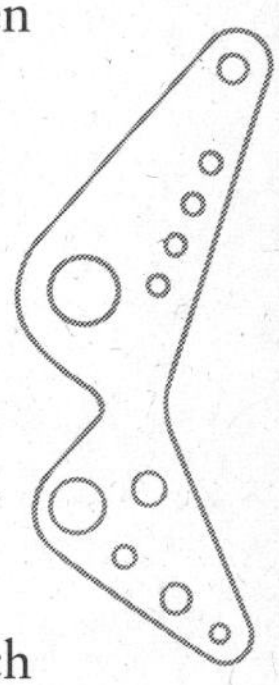

Dann wischte sie mit einer schon wieder rührenden, ziemlich resoluten und nahezu lautlosen Armbewegung ein paar nicht vorhandene Krümel von unserem Tisch und seufzte. Es klang wie eine Art Mitleid, wobei nicht klar war, mit wem sie dieses Mitleid hatte, mit sich oder mit mir.

Eine ungute Situation; und ich wünschte auf einmal, ich wäre an diesem Tag nie in unser Café gegangen; dann wären wir uns auch nicht so begegnet, Anne und ich, und hätten uns nicht so ... Wenn, wenn, wenn! Es war aber anders, und ich denke heute, dass jedes Gespräch gut ist, auch wenn es Veränderungen und Abschiede bewirken kann. Hauptsache, es bringt einen weiter, auf dieser Lebensreise zu sich selbst. Poetisch, was? Ich mein es aber wirklich so. Und deshalb ist es auch in Ordnung, wie es mit Anne kam. Wir saßen da, in unserem lieben kleinen Café, und ich dachte plötzlich an Frau Gerstner und daran, dass meine Mutter mir gesagt hatte, dass auch sie einmal mit einer Frau glücklich gewesen war, und dass es dann doch wieder anders gekommen sein muss in ihrem Leben und sie mit einem Mann Anne gezeugt hat, meine Indianerfreundin, die ich so viele Jahre lieb gehabt habe ... Und ich wusste in diesem Augenblick, dass das Leben etwa eine Million Geheimnisse für uns bereithält und dass man nie wissen kann, ob das, was man gerade denkt, nun etwas Endgültiges ist oder nicht. Vielleicht gibt es überhaupt nur Zwischen-Zustände, bis zum Tod, mehr oder weniger lange Zwischen-Zustände ... In diesem Moment ergriff mich wieder das warme Gefühl, für alle Menschen und für überhaupt alles auf der Welt, und ich dachte an Laura und an meine Ma ... Plötzlich fuhr ich Anne durch ihr Haar – es fühlte sich hart an, nach ganz viel Haarlack – und ich sagte ihr, dass ich sie lieb hätte, auch wenn wir uns vielleicht ganz voneinander entfernten; das mache im Grunde nichts, denn die schöne Zeit, die gewesen sei, die sei für immer gewesen. Anne verstand mich nicht, und sie sprach kein Wort. Plötzlich hatte ich die Vision, dass sie in ein paar Jahren in irgendeiner Hajo-Ehe wie in Gips erstarrt verharren würde, mit Kindern und ihrer Musik, die dünner und immer dünner klingen würde, bis einer, der eine käme, um sie da rauszuhämmern – und ich dachte, dass vielleicht ich diejenige sein könnte, der sie später einmal ihr Leid klagen müsste ... Aber von alledem sagte ich nichts. Mir war so weltumfassend an diesem zweiten Januar und so philosophisch irgendwie, dass ich befürchtete, Anne könnte mich wirklich für übergeschnappt halten. Euch nun aber wollte ich meine ganzen Empfindungen an diesem Nachmittag im Café hinschreiben. Laura habe ich sie schon längst erzählt, und sie hat mich damals gut verstanden.

Ich glaube eben, dass die Welt erst dann friedlich ist, wenn jeder jedem sagen kann, was er denkt, ohne Angst haben zu müssen, ausgelacht oder abgelehnt zu werden. Vielleicht ist mein Fehler, dass ich manchmal so sehr in meinen Gefühlen verstrickt – und beglückt – bin, dass ich den anderen gar nicht mehr richtig wahrnehme, ihn gar nicht mehr frage. Vielleicht wäre das Treffen mit Anne anders verlaufen, wenn ich die Barrieren hätte selbst abbauen können, ohne zu erwarten, dass sie es tut ... Es war aber nicht so.

Wir gingen merkwürdig auseinander – mit einem ziemlich heiseren »Ciao«. Beide wollten wir einander gut sein, aber wir schafften es irgendwie nicht, und jede blieb so in ihrer Welt zurück. Ich zahlte meine Zitrone und verschwand ganz schnell; Anne wollte noch dableiben. Von der Türe des Cafés aus winkte ich ihr noch einmal zu ... Indianerfreundin Anne ... Sie winkte zurück ... Adieu ... Dann war ich draußen.

Es war niemand zu Hause. Fast vier Uhr musste es gewesen sein, als ich die Haustür aufschloss; Ma saß sicher irgendwo mit ihren Tennisdamen, oder sie war einkaufen gefahren. Jo steckte wahrscheinlich mit seiner Clique zusammen und Paps war sowieso in der Kanzlei. Ich hätte es mir denken können. Eigentlich war ich ja ganz froh, obwohl es doch irgendwie komisch war. Ich ging in mein Zimmer und packte rasch ein paar Sachen ein, für zwei

Tage, dann horchte ich noch einmal hinunter in den Flur: Noch immer kein Geräusch. Ich setzte mich an meinen Schreibtisch und schrieb:

Liebe Ma, lieber Paps,
ich bleibe zwei Tage bei Laura.
Dann möchte ich mit euch reden. Mama, du weißt, was ich damit meine. Ich hab euch lieb, sorgt euch bitte nicht. In Dankbarkeit,
eure
Charlotte

Irgendwie war mir danach, den Brief so zu unterschreiben. Schließlich veranstalteten meine beiden alten Herrschaften keinen Terror, sie ließen mich machen; sonst wäre ja Ma hier gesessen wie ein Schießhund und hätte mir gleich einen Vortrag gehalten. Gleichgültig war ihr das alles sicher nicht, nein, nicht nach unserem Spaziergang an Weihnachten. Und Paps – der wusste sicher noch nichts. Na ja. Ich überlegte noch einen Moment, dann schrieb ich Lauras Telefonnummer unten auf das Blatt. Ich war sechzehn jetzt, immerhin, aber zwei Tage wegbleiben ohne Telefonnummer ... Außerdem würden Ma und Paps so am ehesten stillhalten, viel eher, als wenn das alles mit Laura eine verkrampft heimliche Geschichte wäre. Ich unterstrich die

Nummer noch. Dann ging ich mit meiner Tasche und dem Zettel hinunter und legte das Blatt so neben das Telefon im Flur, dass Ma es gleich sehen würde, wenn sie hereinkam. Ich malte noch ein Herzchen auf das Papier. Dann wählte ich Lauras Nummer.

»Eving.«

»Ich bin zu Hause. Sie sind nicht da. Ich komme jetzt, ja?«

»Ja, komm! Ich freue mich sehr. Soll ich dich holen?«

»Nein, nicht nötig.«

»Hast du hinterlassen, wo du bist?«

»Ja.«

»Na, dann komm schnell. Ich hab dir schon eine Ecke ausgeräumt.«

»Warum ... warum tust du das?«, fragte ich, und mir war ganz komisch vor Freude.

»Weil ich daran glaube«, sagte Laura da nur.

Dann hängte ich ein und ging summend aus dem Haus. In meinem Kopf tanzte Chris de Burgh mit seiner ganzen Band. Und die Räder vom Linienbus, die sangen mit mir.

Natürlich riefen Ma und Paps in den nächsten zwei Tagen nicht bei Laura an. Es waren herrliche Tage, ich fühlte mich auf einmal ganz frei und sicher. Wir frühstückten ausgiebig – diesmal mehr als Kaffee mit Mangos; Laura hatte eingekauft. Wir gingen spazieren und tranken unterwegs einen Tee; einmal sah ich Laura beim Zeichnen zu, aber sie konnte sich nicht lange konzentrieren, meine Nähe machte sie nervös ... Und wir liebten uns, immer wieder; jedes Mal wurde es schöner, weil wir einander immer besser kannten.

Am zweiten Tag standen wir noch einmal sehr spät abends auf und setzten uns (ich eingewickelt in eine Bettdecke und Laura in ihrem Morgenmantel) in den breiten Sessel, der in ihrem Arbeitszimmer stand – und hörten ziemlich laut »Don Giovanni«. Da saßen wir, ganz eng beieinander, hörten unsere Musik und tranken Wein und Küsse ... Manchmal flüsterten wir uns leise kleine Liebesworte ins Ohr, oder Laura strich mir, ganz versunken in die Musik und in unsere Erinnerung daran, leicht und sanft über das Haar – wie der Spiegelmensch, nur noch schöner, weil es jetzt Wirklichkeit war – und dann küsste sie mich auf die Stirn, ganz schweigend und zart.

Ich kann mich nicht entsinnen, jemals so glücklich gewesen zu sein und mich auf so wunderbare Weise als einzelner, erwachsener Mensch gefühlt zu haben – nicht als »Tochter« oder als »Mädchen, mit dem man geht«, sondern als erwachsener Mensch, der geliebt wurde und der wieder liebte. Als Seele. Als Frau.

Am dritten Tag – es war der 5. Januar unseres ersten Jahres – rief ich dann aber doch Ma an. Mein Gewissen war irgendwie nicht gut. Ma tat ganz arglos und fragte: »Hast du schöne Tage mit deiner neuen Freundin? Wart ihr auch im Kino?«

Diese Frage!!! Was sollte diese Frage?

»Nein, Ma ...«, sagte ich provozierend, »... wir waren im Bett.«

Ich hatte es so etwas von satt, dieses ignorante Umleitungsgetue! Als ob ich zehn wäre und bei Laura zum Murmelspielen!

Ma antwortete nicht.

»Wann kommst du wieder nach Hause?«, fragte sie dann nur.

Ich sagte ihr, ich käme, sobald ein Gespräch möglich sei, ein Gespräch mit ihr und Paps über Laura und mich, vielleicht schon heute Abend? Je früher, desto lieber sei es mir.

»Also heute, Ma?«

»Nein!«, antwortete sie ganz schnell und fügte noch hastig hinzu: »Ich meine, Charlotte, du kannst natürlich jederzeit nach Hause kommen, auch heute Abend, aber ein Gespräch mit Paps ...«

»Ma, es muss sein«, sagte ich ziemlich ruhig. »Ich will diese Verklemmerei nicht.«

Irgendwie war ich in diesem Augenblick stolz auf mich, wenn auch nur ein kleines bisschen. Ma zögerte und dann kamen ein paar merkwürdig apathische Worte, als müsse sie die totale Traurigkeit unterdrücken: »Gib mir etwas Zeit, Charlotte! Lass mich mit deinem Vater reden, bevor du es ihm sagst.«

Dann schwieg sie wieder. Auf einmal aber fragte sie doch tatsächlich: »Willst du denn wirklich, dass er es weiß? Glaubst du nicht, dass das ganz unnötige Diskussionen gibt? Ich meine ... vielleicht erübrigt sich ja doch alles ganz von selbst.«

»Nein«, sagte ich nur. »Tut es nicht.«

Laura, die ins Zimmer gekommen war und eine fragende Geste gemacht hatte, ob sie vielleicht störe, eine Geste, die ich mit einem fuchteligen Abwinken verneinte, zog mahnend die Augenbrauen hoch, als warne sie mich davor so hart mit meiner Ma zu sprechen. Sie muss sofort gespürt haben, mit wem ich da telefonierte, schon als sie in das Zimmer trat. Wieder mit einer Handbewegung bedeutete ich ihr, dass sie bleiben, sich aber nicht einmischen solle. Dies hier war meine Angelegenheit. Laura nickte und suchte sich auf ihrem Zeichentisch einen Aschenbecher, zündete sich eine Zigarette an und setzte sich leise auf den großen, viereckigen Stein, der ihr manchmal als Hocker und manchmal als Ablage dient; aus irgendeinem Grund wollte sie sich jetzt nicht an ihren Schreibtisch setzen. Vielleicht hätte sie dann das Gefühl gehabt, mich ganz subtil aus dem Zimmer zu drängen. Sie saß da vor der mit Schnörkeln verzierten, uralten Heizung und beobachtete aufmerksam, wie ich mich auf der Lehne unseres »Don-Giovanni-Stuhles« zusammengekauert vornüberbeugte und ziemlich unbehaglich und ziemlich selbstsicher zugleich mit meiner so kühlen und so bemühten Mutter telefonierte.

Ma hielt inzwischen eine Rede über die Klugheit, die darin bestünde, »möglichst wenig von sich aus zuzugeben«, wenn irgendetwas an einem »ungewöhnlich« sei, und so den anderen – damit meinte sie wohl Paps – immer im Unklaren über sich selbst zu lassen; auf diese Weise könne sich nämlich jeder »seinen Teil denken«, aber »gesagt« wäre damit nichts. Das nannte sie Klugheit. Eine schauderhafte Vorstellung überkam mich bei ihren Worten, die Vorstellung von einer Welt, in der sich jeder bemüht, so grau wie möglich zu sein, so üblich wie es nur geht, nur damit er nirgends aneckt, eine Welt, in der die wahren Gefühle immer unterdrückt sein werden, in der man erstickt an diesem Geschwür der Selbstverleugnung. Viele leben in dieser Welt. Ich, Charlotte, wollte nicht so werden. Ich wollte ich sein und es allen sagen, ganz ich selbst sein, in absoluter Wahrheit jedem gegenüber.

»Ich will aber, dass wir reden – Paps, du und ich.«

Meine Stimme klang jetzt wohl beinahe aggressiv.

»Also gut ...«, seufzte Ma. »Komm übermorgen nach Hause, dann werde ich mit deinem Vater gesprochen haben. Ich muss da auch erst einen Moment abwarten, in dem es ...«

»Ma«, unterbrach ich. »Ich habe keine frischen Sachen mehr.«

»Dann komm eben heute kurz vorbei!«

»Heimlich«, sagte ich trocken.

»Nein, nicht heimlich. Dummes Zeug. Versuch doch, auch mich zu verstehen; es ist nicht leicht, deinem Vater zu sagen, dass seine Tochter mit Frauen schläft. Dass sie ... überhaupt mit jemandem schläft. Jetzt begreif das doch! Ich versuche wirklich mein Bestes, um euch ...«

Ich hörte gar nicht mehr hin. Laura machte mir ein Zeichen, dass ich doch von ihr Sachen zum Anziehen haben könnte, aber ich schüttelte nur den Kopf.

»Also gut«, sagte ich plötzlich einfach. »Ich komme heute am späten Nachmittag kurz vorbei und hole frische Wäsche. Mach es so, wie du denkst, Ma! Nur: Bevor die Schule wieder beginnt, möchte ich, dass wir ganz deutlich gesprochen haben, wir alle drei. Ja?«

Mama seufzte. Die Schule begann am 10. Januar wieder. Ich fand mein Angebot fair. Ma fand es sicher erpresserisch. Sie sagte aber nur ganz mild: »Ich suche dir gleich nachher frische Sachen heraus.«

»Das ist nicht nötig, Mama.«

Dann legten wir auf.

Nach einer Weile, in der wir uns schweigend angeschaut hatten, fragte ich Laura, ob ich noch weitere zwei Tage bei ihr bleiben könnte. Sie blitzte mit den Augen und schüttelte ganz energisch den Kopf: »Nein, also das auf gar keinen Fall! So eine Liebe, die währt einen kleinen Besuch lang, aber vier Tage, das ist ganz ausgeschlossen!«

Dann lachten wir beide los, und Laura kam zu mir herüber und nahm mich zärtlich in den Arm. Es tat so gut, dass sie so nah war.

Später fuhr sie mich dann nach Hause, und wir vereinbarten, dass sie im Auto bleiben würde, bis ich wieder herauskam. Vor unserer Garage stand Paps' dicker Wagen. Scheiße, dachte ich zuerst, aber dann fand ich es doch richtig, ganz einfach hineinzugehen und meine Sachen zu holen.

Paps war wohl gerade gekommen; er stand in der Garderobe und zog seinen Mantel aus.

»Hallo«, sagte er, ohne sich umzudrehen. »Ich muss gleich wieder weg.«

»Ich auch«, antwortete ich monoton. »Ich hole nur rasch ein paar frische Klamotten.«

Paps stutzte einen Moment, nahm seinen Aktenkoffer vom Boden auf, und auf dem Weg zu seinem Arbeitszimmer fiel es ihm dann offenbar wieder ein: »Ach ja, du bist ja bei einer Freundin zurzeit! Macht euch nur schöne Tage, ihr habt schließlich Ferien. Du bist bei Annelen, glaube ich, nicht wahr?«

Und damit verschwand er in seinem Arbeitszimmer und machte die Türe hinter sich zu.

»Nein«, sagte ich laut hinter ihm her. Dann schnaubte ich meine Wut aus der Nase und ging die Treppe hoch, in mein Zimmer. Ma hatte mir tatsächlich schon eine kleine Tasche gepackt; sie stand weit geöffnet auf meinem Bett, damit ich sehen konnte, was darin war und was noch fehlte. Kaum hatte ich meine schmutzige Wäsche aus der mitgebrachten Tasche herausgeholt und die frischen Sachen umgepackt, weil mir die Tasche, die Ma herausgesucht hatte – eine von ihr – nicht gefiel, da kam sie auch schon herein und sagte fast zärtlich zu mir: »Da bist du ja, Charlotte.«

Ich sah auf. Blass und zerbrechlich stand sie im Türrahmen, in ihren Edeljeans und einer weißen Hemdbluse. Sie sah übernächtigt aus, und irgendwie tat sie mir auf einmal furchtbar Leid. Jeder lief an ihr vorbei, und sie versuchte, das alles doch noch ein bisschen zusammenzuhalten und zu glätten; so kam sie mir in diesem Moment vor. Ich wandte mich ab und packte weiter.

»Wo ist Jo?«

»Bei Katrin«, sagte Ma und bemühte sich, es unbekümmert klingen zu lassen. Da konnte ich's nicht mehr ignorieren, ich drehte mich um zu ihr und ließ meine Tasche Tasche sein und umarmte sie ganz fest. Sie erwiderte die Umarmung.

»Nicht wahr«, fragte ich sie dann, »du hast Paps meinen Brief neulich, den neben dem Telefon, nicht gezeigt, stimmt's?«

Ma nickte.

»Also«, sagte ich friedlich und legte ihr die Arme auf die Schultern, »du sprichst jedenfalls sehr bald mit ihm über alles. Ja?! Übermorgen reden wir dann zu dritt, versprochen?«

Ma nickte wieder, und sie sah aus, als ob sie gleich weinen müsse. Kleine Mama, dachte ich, und ein Gefühl der Rührung überkam mich, was wird nur aus dir, wenn wir alle fort sind ...

Vor unserem Haus wartete Laura im kalten Wagen. Sie sah irgendwie bewegt aus.

»Ma wird mit ihm reden«, sagte ich beim Einsteigen.

»Na gut«, war die Antwort; es wirkte betont unbekümmert. Das fand ich blöd von Laura; so leicht war das ja nun alles auch wieder nicht, wie sie jetzt tat! Aber ich vergaß es bald, dass sie mir einen auf sorglos vormachte, und lehnte mich an ihre Schulter, während wir durch die neonerleuchtete Nachtstadt fuhren – zurück zu ihr. Denn plötzlich lief im Kassettenrekorder die Arie der Donna Anna aus dem »Don Giovanni«:

»Ich grausam, ach nein! ... Nur zu sehr bekümmert's mich, dir ein Glück vorzuenthalten, nach dem wir uns seit langem sehnen ... doch die Welt ... oh, Gott ... die Liebe spricht genug für dich. Nenn mich nicht grausam ... Du weißt doch, wie ich dich liebte, du kennst meine Treue.«

So unglaublich schön war diese Stelle in dem Moment: Ich ließ den nassen, glänzenden Asphalt unter mir hindurchgleiten und die Musik in mich eindringen, und obwohl ich Laura nicht ansah, wusste ich, dass sie lächelte.

Am siebten Januar war es so weit. Ich rief nachmittags zu Hause an. Jo ging an den Apparat. Er gab mir gleich Mama.

»Ja, Charlotte?«

»Wir wollten reden heute Abend.«

»Ja, Charlotte. Ich weiß. Deshalb habe ich gestern Abend lange mit deinem Vater gesprochen.«

»Und?«

»Nun, er wird dir das alles selbst sagen. Er kommt heute

Abend wie immer nach Hause, dann werden wir eine Kleinigkeit essen und nach der Tagesschau ...«

»... kommen die Belange der Tochter dran, nach dem Wetterbericht, der geht vor.«

»Charlotte, es wäre klug von dir, Paps nicht aus seinem Rhythmus zu bringen, gerade heute. Du weißt, er braucht seine ... Also, gegen halb neun, in seinem Arbeitszimmer, das wird das Beste sein. Einverstanden?«

»Wie hat er ... denn reagiert?«

»Er wird dir das selbst sagen.«

So. Das wird er mir selbst sagen. Meine Ma, dachte ich wütend, hat nämlich keinen Mund, mit dem sie eigene Gedanken äußern kann; daher rührt sicher ihre ewige Migräne ... Von dem Gespräch, das meine Eltern geführt haben mussten, ging etwas Schweres aus, etwas Drohendes, Biederes, Eingepresstes, aber ich musste ihm begegnen, es überwinden, allein deswegen, damit wir alle wieder frei atmen und vielleicht sogar einmal wieder zusammen lachen konnten, wie früher, ganz früher. Und warum Ma jetzt mit mir sprach, als hätte ich ihren Geschirrspüler absichtlich ruiniert und man müsse nun über eine geeignete Strafe beraten, warum das so war, das war allein ihr Problem. Vieles, was die Alten tun, wie sie reagieren, hat mit uns Jungen überhaupt nichts zu tun, diese Schuhe müssen wir liegen lassen, die ziehen wir uns am besten gar nicht erst an.

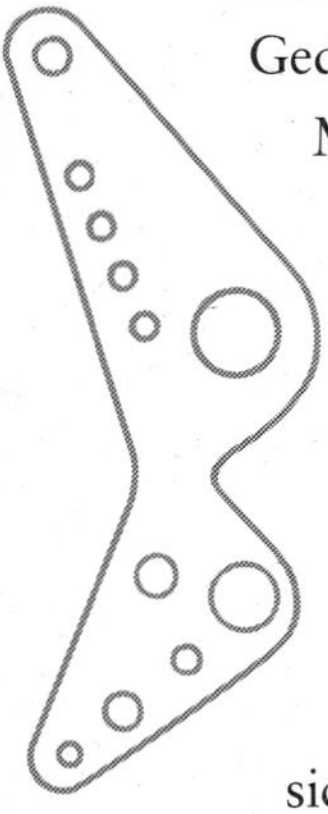

Laura brachte mich hin. Endlich, dachte ich unterwegs, wie wir wieder durch die Dunkelheit fuhren, schweigend, endlich war es so weit. Mir war nicht mulmig zumute oder nervös, eher noch: kampfbereit.

Am Nachmittag hatten wir über unsere Gefühle gesprochen. Laura fragte mich, ob ich sie am Abend beim Gespräch mit den Eltern dabeihaben wollte – nein, ich schüttelte energisch den Kopf –, und sie erzählte mir, wie sie es vor vielen Jahren ihrer Mutter gesagt hatte, dass sie das erste Mal mit einer Frau zusammen gewesen ist. (Es war übrigens auch eine viel ältere Frau, und Laura sagte noch, dass sie sehr dankbar dafür ist, damals an einen reifen und erfahreneren Menschen geraten zu sein; ich verstand genau, was sie mir damit sagen wollte, und grinste sie ein bisschen zu frech an.)

Ihre Mutter hatte damals, vor mehr als vierzehn Jahren, nur mit den Schultern gezuckt und weiter ihre Seifen und Parfüms in die Regale gestapelt. Solch eine Drogeriemutter hätte ich auch gern gehabt, wie wir damals durch die Nacht zu meinen Eltern fuhren. Eine Mutter, die wirklich andere Sorgen hat, als über das Intimleben ihrer sechzehnjährigen Tochter nachzudenken ... Lauras Vater hatte seiner Tochter damals als ganzen Kommentar zu ihrer Frauenliebe nur gesagt, sie sei wohl übergeschnappt, aber so sei eben die Zeit.

»Hauptsache, ihr mögt euch und werdet nicht kriminell!«

Vater Eving, ein Seifensieder und Zigarrenhändler, hatte seinen kleinen Laden hart erkämpft, und das Wichtigste war für ihn wohl, dass ihm die Kundschaft nicht ausblieb. In einer gleichgeschlechtlich lebenden Tochter sah er diesbezüglich nie ein Problem, hingegen in einer möglicherweise »hässlichen oder kriminellen Tochter« – in der schon. Er muss ein witziger Zeitgenosse gewesen sein, der sein einziges Kind von ganzem Herzen liebte. Von ihm, glaube ich, hat Laura ihren Humor und ihre Wärme, von der Mutter, einer bestialisch fleißigen Frau, wohl kaum. Als Lauras Vater starb, war sie bei ihm und hielt seine Hand. Einer seiner letzten Sätze war: »Und nimm nie eine Schmallippige und nie eine Kriminelle!«

Sie hat ihn sehr vermisst, als er tot war – zu ihrer Mutter, die wir gelegentlich besuchen, hat Laura nie diesen Draht entwickeln können wie zum alten Zigarrenhändler. Sein Bild – er war ziemlich beleibt und trug einen wuchtigen Vollbart – steht noch heute auf Lauras Schreibtisch.

Nachdem sie damals jedenfalls mit ihren Eltern gesprochen hatte, zog Laura – das war da noch gerade so die Zeit – mit ein paar Blumenkindern nach Amsterdam. Als sie dort eine neue Liebe entdeckte und sich mit ihrer ersten ordentlich verkracht hatte deswegen, schrieb sie ihrem Vater eine Postkarte:

Judy ist viel jünger als Beate, und ich glaube, sie würde dir auch gefallen. Sie kommt aus England, und ich fahre nächste Woche mit ihr dorthin. Ich melde mich.

Laura

Der Zigarrenhändler hat damals sofort per telegrafischer Anweisung zweihundert Gulden in die Amsterdamer Jugendherberge geschickt. Damit Laura und Judy nicht kriminell wurden.

Das alles, unser schönes Gespräch vom Nachmittag,

ging mir durch den Kopf, wie Laura und ich in den Auenweg einbogen, in meine Straße. Laura parkte direkt vor dem Haus, und ich seufzte. Wir verabredeten, dass sie gleich zu sich nach Hause zurückfahren würde.

»Weißt du, ich werde versuchen, ein wenig zu arbeiten«, sagte sie mit einem irgendwie traurigen und sehr liebevollen, kleinen Lachen – und wir küssten uns, ein bisschen angespannt und kürzer als sonst. Dann stieg ich aus dem Auto. Meine Tasche hatte ich dabei, ich wusste selbst nicht genau, warum eigentlich.

»Vielleicht ...«, fing ich an, ehe ich die Wagentüre endgültig zuschlug.

»Vielleicht was?«, fragte Laura präzise und beugte sich vor, damit sie mich besser sehen konnte, wie ich da in der Kälte neben dem Auto stand, fast geduckt, und in das Wageninnere hineinsprach.

Vielleicht muss ich heute Nacht hier bleiben, hatte ich eigentlich sagen wollen, aber ich besann mich plötzlich. Nein, das war gar nicht möglich, jetzt konnte es keine Vorschriften mehr zum Dableiben geben, nein, und wenn, dann mussten sie übertreten werden ... Ich bin eine Frau, dachte ich, eine junge Frau, und ich bin frei. Ganz frei. Ein weißer Vogel.

Ich schulterte meine Tasche und richtete mich auf, stand, sah über das runde Dach der Ente, atmete tief ein; dann beugte ich mich wieder in das Innere des Wagens, den Türgriff noch immer in der Hand und sagte: »Vielleicht nehme ich mir ein Taxi, heute Nacht zurück zu dir, wenn es ganz

schlimm wird. Ich hab noch Extrageld von Weihnachten. Du bist da?«

»Wenn ich nicht einen draufmachen gehe«, sagte Laura trocken.

Es ärgerte mich ein wenig, obwohl es, klar, ein Witz sein sollte. Dann aber zwinkerte sie mir zu, und eine Sekunde lang sahen wir uns in die Augen wie Verschwörer. Eine weitere Sekunde später schlug ich die Wagentüre zu und Laura brauste davon. Wir winkten einander nicht zu. Ich stand im Schnee und fühlte mich allein. Sehr allein, auf einmal. Am liebsten hätte ich mir in diesem Augenblick sofort das Taxi hergezaubert, jetzt gleich, auf der Stelle, sofort. Ich seufzte und machte unser Gartentor auf. Es war zehn vor halb neun.

Im Wohnzimmer saßen Paps und Ma vor dem Fernseher, als wären sie in ihre Sessel festgeschraubt.

»Hallo«, sagte ich heiser und stand im Türrahmen.

»Wir machen gleich aus, Liebes«, sagte Ma. »Geh schon hinüber! Nur noch den Anfang dieser Sendung; es geht um Währungspolitik, weißt du.«

In meine Augen schossen Tränen, aber ich sagte nichts, ging schweigend in Paps' Arbeitszimmer und setzte mich auf einen der Ledersessel unter den Bücherregalen, die bis zur Decke hinaufreichten, und wartete. Ich hätte kotzen können.

Gleich darauf kamen sie. Ma fuhr mir im Vorbeigehen durch die Haare und setzte sich auf das Ledersofa rechts von mir. Paps klopfte mir leicht auf die Schulter, dann ging er zu seiner Minibar, die gut versteckt hinter lauter Akten in seinem Teakholzwandschrank ist; er holte drei Gläser und irgendeine Flasche, ich glaube, einen Sherry. Dann setzte er sich neben Mama.

»Wir trinken erst mal einen. Auf unsere erwachsene Tochter!«, sagte er.

Es hörte sich merkwürdig an, und er schenkte die Gläser wie an Weihnachten oder zu feierlichen Gelegenheiten ein, ganz förmlich. Er reichte mir ein Glas und lächelte undurchdringlich. Ich schüttelte den Kopf. Da hörte er zu lächeln auf und stellte abrupt mein Glas und eines, das er in der linken Hand gehalten hatte, auf dem polierten Tischchen vor sich ab und sagte: »Deine Mutter hat mich informiert, dass du eine Beziehung zu einer Frau unterhältst.«

Ich wunderte mich richtig über diese Direktheit. Ich sah Paps nicht an; ich sah geradeaus, und ich reagierte nicht.

»Ferner hast du – du brauchst gar nicht so starr geradeaus zu schauen, ich weiß alles – seit einiger Zeit ebenfalls intime Beziehungen zu einem jungen Mann, diesem Hans, unterhalten ...«

»Paps«, sagte ich leise und sah auf meine Knie, »wir sind hier nicht im Gerichtssaal.«

»Nein, und darum soll dieses Gespräch auch ein zwangloses sein. Ab einem bestimmten Zeitpunkt, Charlotte, können die Eltern nur noch die Ratgeber ihrer Kinder spielen. Du bist nicht schwanger?«

»Wolf!«, flüsterte meine Mutter ganz entsetzt.

»Nein«, sagte ich. »Und würde ich es jetzt werden, dann wäre es ein zweites Marienwunder.«

In mir stieg Trotz hoch und ein sehr düsterer Humor.

»Die Kirche, liebes Kind, wollen wir mit deinen Angelegenheiten besser nicht bemühen. Außerdem war Maria, glaube ich, Jungfrau.«

»Maria und Jungfrau! Glaubst du denn, dieser Tischler, dieser Josef ...«

»Genug«, sagte Ma sanft.

Paps und ich schwiegen. Dann holte Paps Luft.

»Also, nachdem eine Schwangerschaft ja anscheinend erfreulicherweise nicht besteht, beschränkt sich unser Gespräch fortan ausschließlich auf die Art deiner neuen Beziehung. Diesen, diesen ... Hans wollen wir ausklammern.«

»Er ist bereits ausgeklammert, Paps.«

»Das ist seine Sache. Ich habe seinerzeit deine Mutter geheiratet.«

»Das ist eure Sache.«

»Gut, unsere. Reden wir jetzt aber über Laura Eving.«

Ich erschrak ein bisschen. Paps sprach Lauras Namen irgendwie besonders aus, bedrohlich und ganz unglaublich genau, als habe er jeden einzelnen Buchstaben vor Augen. Und es war mir fremd und unangenehm, diesen Namen, Lauras Namen, aus seinem Mund zu hören. In diesem Augenblick wünschte ich mich weit weg, hin zu Laura, auf unseren Don Giovanni-Sessel unter eine dicke, weiche Decke; ich könnte mich an Laura kuscheln und mir die Ohren zuhalten ... Stattdessen saß ich hier, in Paps' Arbeitszimmer, und zwar so was von real, dass sich mein Wunsch nicht einmal für eine winzige Sekunde in meiner

Einbildung erfüllte. Ich richtete mich auf, wollte aufrecht sitzen und nicht ausweichen, mich nicht ducken. Eine andere Lösung gab es nicht.

Paps lehnte sich zurück und sah in die Luft, als diktiere er mir jetzt etwas, nur sprach er schneller als mit seiner Sekretärin.

»Ich begrüße, dass sich die Zeiten geändert haben und kein Gesetzesbruch vorliegt durch dein Tete-a tete mit einer Frau ...«

»Wir lieben uns!«

»... Auch ist an sich, da du ja studieren möchtest, gegen deine offenkundige Absicht, dich nicht in eine traditionelle Bindung zu fügen, nichts einzuwenden ...«

Was glaubst du eigentlich, dachte ich, wen du hier vor dir hast?! Einen Menschen zweiter Klasse, dem du die Erlaubnis erteilst, sich selbstständig zu bewegen? Einen Untertan? Sind Frauen für dich Untertanen? Oder hast du nur Angst vor uns? Dass wir dich nicht mehr brauchen?

»Du musst schließlich selbst wissen, was du tust. Ich habe ja im Prinzip nichts gegen homosexuelle Beziehungen.«

Paps machte eine Kunstpause, und ich musste daran denken, wie er Schädel ausweidet in seiner Garage. So einer kann nicht so einfach von Liebe reden. Arme Mama ... Jetzt sah Paps mich an und fuhr – sich ganz wie in einem Schauprozess der Aufmerksamkeit seines Publikums bewusst – endlich fort: »Das Problem ist, allgemein gesprochen, ein soziales. Homosexuelle sind, durch ihr jahrzehntelanges Versteckspiel, sozusagen leider mehr oder weniger in die sozial minderwertigen Schichten abgedrängt und eingebunden, in der Regel ... Es gibt immer noch eine Gettoisierung, und ich kann dir aus meiner jahrzehntelangen Berufspraxis ...«

»Laura! Das ist ja lächerlich! Laura hat einen Beruf, und sie lebt sehr schön, ach, was erzähle ich dir denn, denk an die Thomas-Mann-Familie und nicht an das arme Schwein Sedlmayr! Und selbst gegenüber den düstersten ›Gettos‹, wie du es nennst, wäre das einzig Richtige, diese blöden Vorurteile ...«

»Ereifere dich nicht, junge Dame!«, sagte Paps süffisant. »Bei Frauen ist es natürlich wieder etwas anderes«.

»Was denn? Sag mal, hast du überhaupt einen Schimmer, wovon du redest???«

»Von Laura Eving will ich reden. Und da weiß ich sehr genau Bescheid; ich habe mich erkundigt. Der Fall liegt wirklich etwas anders, und man kann froh sein, dass sie in einigermaßen geordneten beruflichen Umständen zu leben scheint. Genaues ist da allerdings nicht zu erfahren, aber nun gut. Das Problem scheint mir vielmehr ein menschliches; Charlotte, du bist einer Verführerin aufgesessen. Man hat mir hinterbracht, besser deiner Mutter, dass deine Laura Eving in der ganzen Stadt Affären unterhält. Du bist nicht die Einzige, Charlotte, mit der sie intime Beziehungen unterhält. Es gibt Zeugen.«

»Hör auf ›unterhalten‹ zu sagen!«, schrie ich meinen Vater an. Ich konnte mich jetzt nicht mehr beherrschen. Paps winkte ab und sagte nur, mit liebenswürdiger Anwaltsgebärde: »Pflegt. Dass sie, also gut, Beziehungen in der ganzen Stadt pflegt. Mit jungen Damen und mit den Herren der Schöpfung. Es tut mir sehr Leid für dich.«

Ich starrte Paps an. Dann Ma. Sie sah weg. Dann wieder Paps. Vielleicht zehn Sekunden starrte ich ihn an. In einer Sekunde davon huschte eine Grübchenspukente durch meinen Kopf; die restlichen neun davon Lauras Augen, ihr Blick und ihr Lachen. Dann wieder ihr Blick, so grün und tief.

»Das ist ausgeschlossen«, sagte ich daraufhin nur, und ich sagte es nicht einmal hart und nicht einmal laut. Ich sagte es einfach. Es war ausgeschlossen.

»Ich fürchte aber doch, dass es die Realität ist. Versteh mich, Charlotte! Du bist mein Kind, und ich liebe dich, und ich habe ein Interesse an deinem Glück. Wenn du bei dieser Laura Eving in guten und treuen Händen wärst, dann gäbe ich in Gottes Namen meinetwegen sogar meine Zustimmung zu eben so einer Beziehung. Ich möchte jedes Aufsehen vermeiden, wir leben hier nicht in New York, und da ist eine gewisse seriöse Offenheit sicherlich das Intelligenteste, Dritten gegenüber. Man muss es ihnen ja nicht direkt auf die Nase binden ... Nur hier liegt die Sache definitiv und gänzlich anders. Glaube es mir! Ich rate dir nun, da deine Gefühle von dieser Person missbraucht werden, die Beziehung zu beenden; selbstverständlich helfe ich dir dabei. Du solltest wieder an deine Schule denken; das lenkt dich ab und ist nützlich. Lass einfach Zeit vergehen und führe erst einmal wieder das unbeschwerte Jungmädchendasein von früher. Du hast das ganze Leben doch noch vor dir! Alles Weitere, und wer dann wirklich als Partner kommt, findet sich.«

»Wer ...?«, fragte ich nur total scharf, »wer hat euch so einen Dreck erzählt!?«

Paps zuckte mit den Schultern, lehnte sich wieder zurück und sah konzentriert in den Raum, als verfasse er ein Schriftstück im Kopf. Ich beugte mich rasch vor und packte Ma an der Schulter. »Wer hat dir was ›hinterbracht‹? Frau Gerstner? Annelen? Die sieben Zwerge?«

»Nein, nein, bestimmt nicht, nicht Frau Gerstner und auch nicht ...«

»Warum sagst du's denn nicht?«, rief ich wütend. »Warum schweigst du denn so link? Wer war es?«

Ich schüttelte Ma nun, ziemlich wild, glaube ich; ihr Körper war ganz leicht und folgte willig meinen heftigen Bewegungen, ohne eigenen Widerstand, wie ein Grashalm im Wind. Paps sah mich strafend an und sagte: »Na, na, Charlotte! Bitte unterlass das!«

Ich ließ es, ich ließ Mama los.

»In solchen Situationen redet der Vater mit seinem Kind. Bei uns jedenfalls ist das so. Wende dich also an mich, ja?! Es ist mir gleich, ob das modern ist oder nicht. Diese bewährte Tradition hat auch einen Mozart heranwachsen lassen, und der wurde ja durchaus auch etwas, nicht wahr, oder einen ...«

»Was weißt denn du von Mozart?«, fauchte ich meinen Vater an. Er ist nämlich ein »begeisterter Mozarthörer«

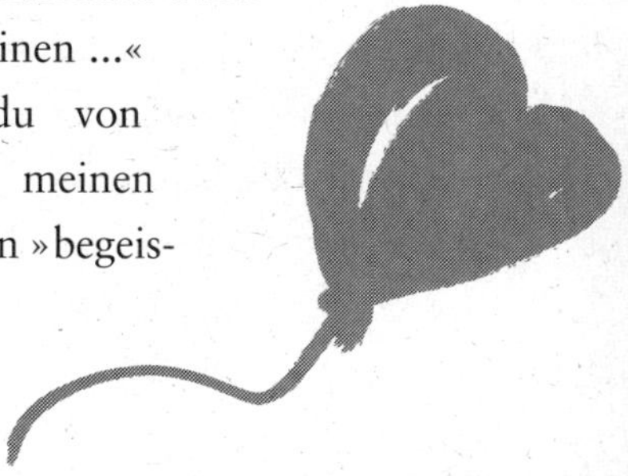

und liest ständig Biographien über Mozart, aber ich bin ziemlich sicher, dass er das Wesen der Musik, dieser Musik, bis heute nicht verstanden, nicht erfühlt hat.

Jetzt schwieg Paps. Sein Gesicht war ziemlich kühl. Ich hatte ihn in der Kultur getroffen.

»Katrin«, sagte meine Mutter leise.

»Katrin?!« Was wusste denn Jos Freundin von Laura?!! »Und was hat sie erzählt?«

»Nun, du kannst es wissen«, sagte Paps gedehnt. »Deine Laura Eving ist eine windige Gestalt, die offenbar allen Leuten Versprechungen macht und die ständig mit anderen eng umschlungen irgendwo in der Stadt gesehen wird. Mit Männern genauso wie mit jungen Mädchen. Auch küssenderweise, übrigens ... Katrin hat es mehrfach gesehen. Ich finde schade, dass meine Tochter sich so entwerten lässt. Du bist da zum Opfer geworden, Charlotte, mehr nicht.«

Ich beobachtete Paps messerscharf. Er sah aus wie immer. Diesen Vorwurf konnte ich nicht auf mir und auch nicht auf Laura sitzen lassen. Ich stand auf, ging an seinen Schreibtisch, nahm mir das Telefon und wählte Katrins Nummer. Ich wusste sie auswendig, da Jo ständig bei ihr war und ich öfter mal mit ihm sprechen wollte; schließlich verstanden wir uns prächtig. Tatsächlich ging Jo an den Apparat.

»Hier ist Charly. Jo, ich bin zu Hause. Ich war ein paar Tage weg; ich muss dir das alles bald mal erzählen ...«

»Ich weiß es schon«, sagte er nur.

»Ist Katrin da?«

»Warum?« Die Gegenfrage klang wirklich verblüfft.

»Gib sie mir!«

Jo spürte, dass etwas Besonderes im Gange war, er fragte nichts mehr, er rief nur nach Katrin, irgendwo hinter sich, in den Raum hinein.

Gleich darauf meldete sich Katrin mit einem piepsigen »Ja?«

»Liebe Katrin«, sagte ich mit aller Raffinesse, zu der ich überhaupt fähig war, und zugleich so bedrückt wie nur möglich. Letzteres fiel mir wirklich nicht schwer – auch wenn meine Bedrücktheit ganz andere Ursachen hatte, als die, die ich Katrin glauben machen wollte. »Ich habe eben etwas Schreckliches erfahren. Ich denke, du weißt ... Kannst du herkommen, zu uns nach Hause und mit mir sprechen und mir helfen?«

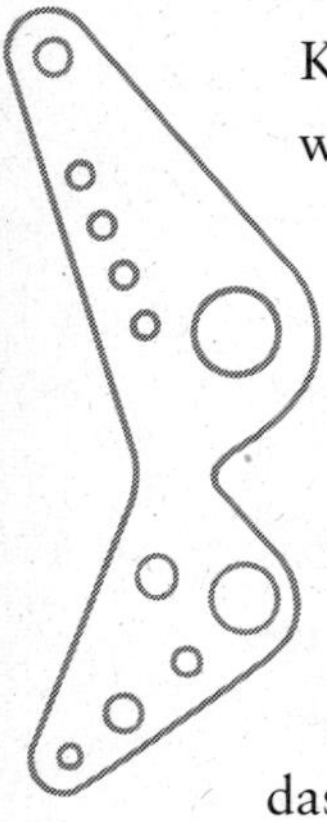

Katrin wirkte unsicher. Sie machte ein paar maunzende, winzige Zögerlaute.

»Bitte«, sagte ich da, »ich glaube, nur du kannst es. Es wäre sehr wichtig für mich ...«

Jetzt log ich regelrecht im Tonfall, wenn auch meine Worte wahr waren – weiß Gott, das waren sie! Ich redete weich und hilflos und offenbar total überzeugend, jedenfalls sagte Katrin plötzlich großspurig: »Na jaaa ... Also gut. Ich komme. Es ist doch klar, dass ich dir in so einer Situation helfe, auch wenn ich nicht mehr viel sagen will!«

Und richtig mitleidig fügte sie hinzu: »Ich bin in ein paar Minuten da. Jo fährt mich sicher. Aber mehr als ich gesagt habe, weiß ich nicht. Ich komme nur, weil es dir gut tut.«

Ich murmelte ein »Danke«, und dann legte ich auf.

Meine Eltern sahen mich merkwürdig an, Ma erstaunt, Paps ein wenig argwöhnisch.

»Katrin wird bald hier sein«, sagte ich so ruhig ich konnte, aber ich merkte, wie meine Kniescheiben ganz leicht zu schlottern anfingen. Paps zuckte mit den Schultern. Für ihn war alles längst geklärt, wollte er damit sagen. Vielleicht aber glaubte er das selbst schon nicht mehr in diesem Moment.

Dann hielt er mir unvermittelt einen langen Vortrag über »Freiheit, Moral und Verantwortung«, dessen Inhalt ich nicht einmal mehr in Stichworten wiedergeben kann, weil ich überhaupt nicht zugehört habe. Ich saß da und wartete nur auf Katrin. Ihre Wohnung war nicht weit von unserem Haus entfernt. In spätestens zehn Minuten würde sie da sein. Ich sah auf die Uhr. Nach zwölf Minuten ging die Haustür. Paps redete und redete. Ich setzte mich ganz aufrecht hin und sandte einen Blitzgedanken, ganz aus Liebe und Vertrauen und heißer, heißer Hoffnung, zu Laura, und ich wusste in dem Augenblick, dass sie jetzt gerade unsere Musik hörte. Unseren Mozart.

Jo und Katrin kamen herein, sie hatten noch ihre Jacken an. Paps redete immer noch, die beiden setzten sich, Jo auf den Sessel mir genau gegenüber; er lächelte mir aufmunternd zu, ich verzog keine Miene. Katrin nahm sich den Lederhocker und thronte wunderbar mit dem Gesicht zu meinen Eltern. Gelegentlich sah sie mich von der Seite an, und ihr Blick war mitleidig und sehr einfühlsam. Dann, vermutlich mit einem glänzenden, rhetorischen Schlusswort – wie immer – endete Paps, und Ma, die bisher nur leise »Hallo, ihr zwei ...« geflüstert hatte, sagte jetzt: »Charlotte wollte euch sehen. Vor allem dich, Katrin.«

Da war ein kleiner, winzig kleiner Unterton in Mamas Stimme. Ich fixierte Katrin. Sie sah mich an – und plötzlich wurde ihr sichtlich unwohl auf ihrem Hocker. Ich verlor keine Zeit. Ich musste schneller sein als sie.

»Was sagt dir der Name Laura Eving?«, fragte ich sanft.

»Es ... sie ist deine Freundin«, sagte Katrin und sah mich treuherzig an.

»Kennst du sie?«

»... Vom Sehen. Ja.«

»Katrin ...«, begann Mama.

»Nein, nur vom Sehen, Frau Schaeffler. Vielleicht haben Sie das missverstanden, wir reden ja so viel miteinander, da ist es schon mal möglich, dass ...«

»Nein, ich habe nichts missverstanden«, sagte Ma ruhig und entschieden.

Paps sah sie von der Seite an. Sein Blick wirkte erstaunt.

»Vom Sehen«, sagte ich. »Und was hast du ... ›gesehen‹?«

Ich sprach das letzte Wort meiner Frage so abfällig aus, wie ich noch nie irgendein Wort jemals zuvor ausgesprochen hatte. Katrin schwieg.

»Na, Katrin«, sagte da Paps beinahe gütig, »du bist doch eine zweite Tochter für uns, du brauchst dich doch jetzt nicht so zurückzuhalten ... Also?«

»Ich sehe Laura Eving, glaube ich, ziemlich oft in der Stadt, Herr Dr. Schaeffler, das habe ich Ihrer Frau eben neulich erzählt ... Sie geht immer mit anderen Arm in Arm, manchmal sind es Männer und oft, noch öfter ... Freundinnen! Also, es tut mir wirklich Leid, wenn ich ...«

Katrin wirkte jetzt richtig bemüht um die Wahrheit; Paps sah sie sehr genau an, und nur ich merkte, wie analytisch sein Blick hinter seiner Freundlichkeit war.

»Wann hast du so etwas zum letzten Mal gesehen?«, fragte er.

»Zuletzt ... Ach ja, zuletzt an Neujahr, am ersten Januar, ich weiß es noch ganz genau, vor der Stadthalle, da haben Jo und ich am Nachmittag ...«

»So«, sagte Mama.

Am ersten Januar! An unserem ersten Januar, am Nachmittag unseres Schluchttages, Seetages, Schneetages, Kusstages! Das war der letzte Beweis dafür, dass Katrin log. Und zwar das Blaue vom Himmel. Ich hatte es nicht bezweifelt, aber trotzdem atmete ich auf.

»Wie sieht sie denn aus, die Laura Eving?«, fragte ich, mit schmalen Augen.

»Nun ... das wechselt ...«, sagte Katrin. Und dann bekam sie langsam, ganz langsam, einen knallroten Kopf. Verlegen schaute sie auf den Fußboden.

Niemand sagte etwas. Paps räusperte sich. Jo sah mich verständnislos an.

»Frag Ma«, sagte ich nur leise zu ihm hinüber. Mama, der Grashalm im Wind, wirkte plötzlich bei all ihrer Zartheit richtig energisch, obwohl ihre Stimme leise blieb.

»Warum, Katrin, warum in aller Welt hast du denn das machen müssen ...«

»Weil sie eine neidische, dumme Kuh ist, die nichts begreift und sich nur wichtig machen will!«, fuhr ich Ma dazwischen und sprang auf. Ich hatte jetzt, was ich erreichen wollte, was ich beweisen wollte. Nichts und niemand konnte mich jetzt hier halten, ich musste zu Laura, sofort; ich musste hier weg!

»Das war's dann wohl«, sagte ich noch in der Tür, und vier Augenpaare starrten auf mich. Ich sagte laut: »So, das war's dann wohl.« Und dann sagte ich noch: »Ich bin bei Laura.«

In der nächsten Sekunde ließ ich die vier Augenpaare in der Luft hängen. Ich jedenfalls war weg.

Draußen schnappte ich mir meine Jacke, nur die Jacke und sonst nichts, nicht einmal meine Tasche suchte ich mehr, und mir war auch gleich in diesem Moment, ob ich mein Extraweihnachtsgeld eingesteckt hatte oder nicht, ein paar Mark würde ich schon noch haben und selbst, wenn nicht ... Ich raste hinaus, zur Haustüre hinaus, in den Schnee hinaus, die Straße entlang, ich spürte meinen Atem in der Stirnhöhle keuchen, ich rannte, mit Tränen in den Augen, zur Telefonzelle, meiner Telefonzelle ... Ich würde ein Taxi rufen, das würde mich zu ihr bringen, sonst dachte ich nichts in diesem Moment. Sie würde die Arme aufmachen, und es würde warm sein bei ihr.

Und genau so ist es gewesen. Ich weiß das noch wie heute, diese Nacht, in der ich ging – und niemand mich hielt.

Gestern hatten wir unseren ersten wirklichen Streit, Laura und ich. Total laut ... Ich muss es euch rasch erzählen. Derart vertieft saß ich über der Schilderung jenes siebten Januars, schrieb gerade völlig versunken die letzten Sätze des Kapitels, wie ich da in den Schnee hinausraste und so ... Da stand Laura plötzlich hinter mir. Direkt hinter meiner linken Schulter, nicht einmal einen Meter von mir und meinem Schreibtisch entfernt. Sie stand einfach da – und schwieg. Und hatte ganz offensichtlich schon lange, bevor ich mich in einer Ahnung ziemlich schnell umdrehte, dort gestanden – und auf die vielen Papiere vor mir, auf diesen ganzen Stapel, der meine Erzählung für euch inzwischen geworden ist, gestarrt. Vielleicht hatte sie sogar einiges davon lesen können, in aller Seelenruhe! Mir wurde ganz komisch; ich fühlte mich irgendwie richtig ertappt, aber dann kam in mir – gerade wegen dieses Gefühls des Ertapptseins – eine regelrechte Wut hoch: Ich kann doch in meinem Zimmer am Schreibtisch sitzen, bis ich schwarz werde und Tonnen Papier voll schreiben mit meinen Gedanken. Das geht doch niemanden etwas an, aber wirklich niemanden – schließlich bin ich doch keinem Rechenschaft schuldig!

»Kannst du nicht klopfen?«, fuhr ich Laura an.

»Was machst du denn?«, fragte sie mich gleichzeitig. Dann sagte sie sofort: »Die Türe war offen.«

Und ihr Blick war ganz komisch, streng und erstaunt

und auch ein bisschen entsetzt; sie machte ein Gesicht wie eine Lehrerin. Laura – wie eine Lehrerin! Sie blieb ruhig wie eine blöde Pädagogin, und ihre Stimme klang genauso weich wie immer, nur ein winziges bisschen gespannter als sonst, nicht ganz so gelassen. Und haarscharf diese betonte Ruhe war es, die mich nun wirklich auf die Palme brachte. Fast hatte ich noch froh zu sein, dass ich nicht angeherrscht wurde, oder was? Nur weil ich hier saß und schrieb?!

Ständig sagt sie, dass jeder seine »Geheimnisse« haben soll, aber am liebsten wäre es ihr schon, das merke ich genau, wenn ich von diesem Recht gar keinen Gebrauch machen würde! Auf eine ziemlich sanfte Tour versucht sie nämlich immer, doch herauszukriegen, was ich tue! Und wenn ich weggehe, kann ich »natürlich wegbleiben«, so lange ich »möchte«, aber wenn ich eben nicht will, dass Laura sich »Sorgen macht«, dann sage ich ihr doch besser genauestens, wo ich hingehe und wann auf die Minute ich zurück bin!

Jedenfalls: Mir ist der Kragen geplatzt.

»Du musst nicht immer alles wissen! Ich kann machen, was ich will! Und dies hier ist mein Zimmer! Das kann ich voll stopfen bis zur Decke mit Geheimnissen, das geht dich gar nichts an!«

Laura blieb immer noch ruhig.

»Ich habe dich nie nachdrücklich gefragt, was du tust. Und bin auch nie in deinen Bereich eingedrungen, aber jetzt muss ich wirklich wissen, was du da seit über zwei Wochen ständig stundenlang auf deinem Zimmer tust, in das du immer unter einem anderen Vorwand verschwindest! Dass du nicht so eifrig lernen kannst, wissen wir ja wohl beide. Du massierst dir schon die Hände vom vielen Schreiben, wenn wir Musik hören oder aus sind! Ich habe dich nie danach gefragt, aber jetzt möchte ich es einfach wissen. Mehr nicht.«

»Ich schreibe«, patzte ich heraus.

»Warum ist sicher die falsche Frage bei dieser Masse, also: worüber?«

Ich schwieg.

»Du spaltest dich ab von mir, du veränderst dich. Es macht mir Angst, Angst, dass du dich entfernst. Ich habe gewartet – du wirst es mir schon sagen, dachte ich, aber du sagst immer weniger. Sag es mir doch jetzt!«

Laura, ich mache etwas ganz Schönes, hätte ich da im Grunde meiner Seele eigentlich antworten wollen, etwas über dich und mich, für andere. Du irrst dich, wenn du glaubst, ich entferne mich! Nachdenkend über uns komme ich dir immer näher. Die Entfernung ist nur scheinbar, es ist die Anstrengung, das Versinken in dem Vergangenen ... Und was glaubt ihr, habe ich gesagt?

»Ich schreibe alles auf, alles über dich.« Als führte ich Buch über lauter Untaten! Ich war einfach gereizt, gereizt und ziemlich müde und irgendwie unangenehm überrascht, ein richtiger Kotzbrocken eben! Aber weiß man's in der Sekunde, in der man einer ist? Man weiß es nicht, man weiß es erst hinterher. In dem Moment jedenfalls begriff ich mich selbst nicht, auch wenn mir meine eigenen Worte

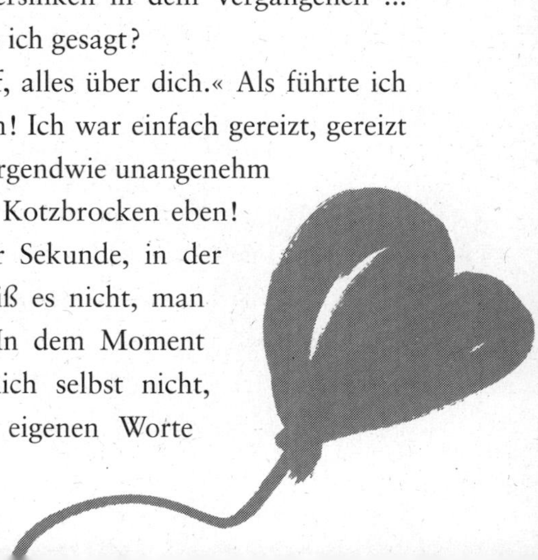

wehtaten, und ich wusste, dass ich meine Lebensgefährtin in mein Vorhaben wirklich anders hatte einweihen wollen. Laura sagte keinen Ton.

»Warum redest du nichts?« Mann, klang ich gereizt!

»Weil ... Nun, du hast sicher Gründe ... für deine Heimlichkeit ... Sagst du sie mir vielleicht?«

»Nein!«, fuhr ich heraus. »Nein, das tue ich nicht. Du musst nicht immer alles wissen, und ich brauche auch nicht ständig dieses Gefühl, dass du dich zu Tode sorgst, wenn ich eine Viertelstunde später vom Baggersee zurück bin! Und ich will auch nicht jeden Morgen ermahnt werden, erst Tee und dann Kaffee zu trinken, und meine Ideen sind meine Ideen und nicht deine, und die Gründe meiner Ideen, die gehen nur mich etwas an, und Kaffee trinken kann ich so viel ich will, du rauchst ja schließlich auch wie ein Schlot, und bei unserem allerersten Frühstück, da war das Ganze noch gar kein Thema! Auch nicht, dass du immer wissen musst, wo ich bin, du bist schließlich nicht meine Mutter, ja?!«

Und jetzt fing Laura auch zu schreien an, ohne Zwischenstufe, mitten aus ihrer Ruhe heraus brüllte sie plötzlich zurück: »Aber der Mensch, der dich am meisten liebt! Und der dich braucht! Und der in gewisser Weise auch eine Verantwortung trägt, du bist schließlich erst sechzehn!«

»So gut wie siebzehn!«

»Und außerdem habe ich nie ein Wort über deine Verspätungen ver...«

»Aber du denkst es, du denkst all die Worte jedes Mal, ich seh es doch deinem Gesicht an!«

»Was ich denke, das ist meine Sache; vielleicht denke ich ja auch, dass du dich in eine andere verliebt hast. Hast du daran mal gedacht?«

»Spinnst du?!«

»Nein, ich kenne einfach das Leben ein bisschen mehr als du. Und deinen Verkriechsymptomen nicht nachzugehen, das wäre ein Fehler!«

»Du hast sie doch nicht alle!«

»Tolle Antwort! Du denkst nur, es gibt außer dir nichts! Du spürst in dir nicht den geringsten Wunsch, mich in was auch immer einzuweihen, das ist das Problem!«

Na ja. Und so ging es noch eine ganze Weile hin und her, und mindestens fünftausend Blitze krachten aus unseren Augen, und die dicken Tropfen in den Augen bahnten sich schon an. Schließlich ging Laura unvermittelt nach irgendeinem Satz von mir, den ich jetzt nicht einmal mehr weiß, aus meinem Zimmer und sagte keinen Ton mehr. Ich dachte eigentlich, dass jetzt gleich die Tür hinter ihr zukracht, aber es war nicht so. Laura ließ sie offen stehen, rauschte nur in einem Affenzahn hinaus auf den Gang, zu ihrem Zimmer hinüber. Dann krachte eine Tür. Ihre. Danach war alles totenstill.

Total groggy ließ ich mich wieder auf meinen Schreibtischstuhl fallen – ich weiß auch nicht, ab wann ich eigentlich aufgestanden war und mit dem Rücken zum Schreibtisch mein Revier verteidigt hatte. Vermutlich streitet man im Stehen einfach besser. Ich saß also wieder, und mir war wirklich sehr flau im Magen. Scheiße, dachte ich nur, Scheiße! Dann versuchte ich weiterzuschreiben, aber es ging nicht. Ich malte kleine Figuren auf mein Blatt, einen Clown und lauter schiefe Sterne ... Scheiße.

Ich stand auf und ging ans Fenster. Dann goss ich meine Palme und setzte mich wieder hin. Und wenn sie jetzt ... weint? Ich schluckte. Mist, ein paar Tränen kamen. Ich wischte sie rasch weg mit dem Ärmel meines Pullovers und zog die Nase hoch. Dann war wieder Stille.

Ich spitzte die Ohren und lauschte hinüber. Endlich, nach vielleicht mindestens fünf Minuten hörte ich, wie Laura ihre Zimmertür öffnete und hinunter in ihr Arbeitszimmer ging. Ihre Schritte klangen wie sonst auch. Etwas langsamer vielleicht ... Ich stand so blitzschnell auf, dass mein Schreibtischstuhl nach hinten überkippte, und sauste ihr nach, Laura, meiner Laura, erwischte sie auf dem unteren Absatz unserer morschen Holztreppe, packte sie an der Schulter und riss sie herum und umarmte sie ganz fest. Sie erwiderte die Umarmung sofort.

»Kleine«, sagte sie leise und gab mir winzige Küsse auf den Hals und an die Schläfe; ich ließ mich so gerne von ihr so nennen. Und vergrub meinen Kopf ganz fest in ihrem Arm. Wir standen eine Weile still beieinander.

»Weißt du«, sagte Laura dann, und es klang weich und so zärtlich, dass meine Tränen jetzt doch noch flossen, wenn ich auch nicht richtig heulen musste, die wollten eben einfach raus, die Gewittertränen, »weißt du, ich hab doch schon einmal ein Mädel verloren, weil ich mich nur in meine Arbeit vergraben hatte und gar nicht merkte, dass sie sich immer weiter von mir entfernte und immer einsamer neben mir wurde ... Und jetzt hatte ich einfach Angst, weil ich doch so viel arbeite, weißt du, die ganzen Rechnungen hier für das Haus ...«

Ich nickte nur und schüttelte dann ganz schnell den Kopf.

»Nein, nein, das ist doch gar nicht so, keine Spur! Ich wollte dich doch nur ... wenn alles fertig ist ... überraschen, weißt du ...«

Und ich sah in Lauras Gesicht, in dem sich die Lachfältchen langsam wieder um die Augen kräuselten, ganz, ganz langsam.

Eine

Eine gute Stunde sind wir dann noch am Treppenabsatz gesessen, auf der vorletzten Stufe, und haben uns aneinander gekuschelt und miteinander geredet, und Laura erzählte mir von ihren Freundinnen vor mir; das hat sie eigentlich noch nie getan, so richtig. Und von Richard erzählte sie mir, den sie in England zusammen mit ihrer Judy kennen gelernt hatte und in den sie sich verliebte, was zu übelsten Szenen mit Judy führte, aber den Richard hat sie dann doch geheiratet, sich aber trotzdem, als verheiratete Frau, wieder in eine andere verliebt. Mit der traf sie sich wiederum heimlich, damit Richard es nicht merkte, und weil diese Frau die Heimlichkeiten schließlich satt hatte, lief sie Laura davon.
Und dann war da noch Barbara, als Laura endlich geschieden war, Barbara, die sie wohl ziemlich liebte, jedenfalls

mehr als Janine, die Grübchenente, Barbara, mit der Laura fünf Jahre zusammenlebte in dieser Altbauwohnung, in der Laura noch gewohnt hatte, als wir uns kennen lernten, unter der Lockenmamsell ... Auf die komm ich noch zu sprechen. Barbara jedenfalls war die, die sich so vernachlässigt gefühlt hatte, weil Laura so viel arbeitete, sie wollte eben um nichts in der Welt Geld von Richard nehmen ... Barbara muss außerdem noch ziemlich viele heimliche Touren gedreht haben, was ich so heraushören konnte. Ganz nebenbei deutete Laura es an, mehr war nicht herauszubekommen. Das kenne ich schon genau an ihr, dass sie so gut wie nie etwas Schlechtes über jemanden sagt, mit dem sie einmal zusammen war, obwohl die Trennungen ja nun Bände sprechen; sie ist da diskret. Manchmal meine ich, sie würde sich nur noch an die guten Dinge erinnern. Dann aber sehe ich ihren Augen an, dass es nicht so ist. Fragen tue ich nicht. Das würde sie nicht wollen und auch keine Antworten geben oder wenn, dann nur ausweichende. Egal, wir sind jetzt zusammen, und das sage ich mir eben immer wieder, wenn diese blöde Eifersucht in mir heraufkriecht, die ich einfach nicht abstellen kann ... Im Grunde ist Eifersucht auf die Vergangenheit idiotisch, aber bei Laura überkommt sie mich manchmal doch, denn auch wenn sie nicht so viel darüber redet, ihr Leben hat sie schon gelebt bisher – und die Hölle wird es auch nicht immer gewesen sein! In diesem Punkt hat sie es mit mir wirklich einfacher.

So saßen wir also da, und Laura sagte

noch, dass sie glaube, in partnerschaftlichen Dingen bisher so manchen Fehler gemacht zu haben, und dass sie nun versuchen wolle, vieles anders zu sehen. Trotzdem konnte sie eben manchmal nicht über ihren Schatten springen ... Und dass sie noch kein Mädchen, keine Frau so lieb gehabt hätte wie mich und dass sie vielleicht gerade deshalb manchmal so in Sorge sei oder zu aufmerksam.

Und ich erzählte ihr plötzlich in aller Ruhe von meinem Schreiben, meinem Plan, und dass es ja etwas für sie, für uns wäre, dass ich es vorhin nur nicht hätte so sagen können. Laura war ganz begeistert von meiner Idee, und wir lachten laut heraus bei der Vorstellung, dass alle Klassenkameradinnen und -kameraden, einschließlich der Lehrer, während der Klassenarbeiten unter den Bänken mein Buch lesen würden ...! Das Ende der Noten! Herrlich! Und ich berichtete, was ich bis dahin schon alles aufgeschrieben hatte, und sie sah manchmal ganz erstaunt aus, meine Laura.

Ich war sehr stolz in diesem Moment, das muss ich schon sagen. Später sprachen wir wieder von uns, und Laura sagte plötzlich: »Weißt du, ich muss einfach lernen, dir mehr Raum zu lassen, nicht nur in meinem Verhalten nach außen, verstehst du? Auch in mir drin. Ein bisschen mehr loslassen muss ich dich wirklich, aber du könntest ja trotzdem ab und zu an mich Arme zu Hause denken, wenn du alleine unterwegs bist. Und vielleicht ja doch so ziemlich pünktlich kommen, damit ich keine grauen Haare bekomme, ja?«

Laura lächelte; dann kniff sie mich in die Rippen. Ich sah

ihr in die grünen Augen und grinste; sie hatte ja Recht. Eigentlich ging es ja gar nicht um diese Kleinigkeiten ...!

So, das war ein Stückchen Gegenwart von gestern. Jetzt aber weiter im Text, zurück zu der Zeit nach dem Gespräch mit meinen Eltern!

Allmählich normalisierte sich das Leben, und ich fühlte mich bei und mit Laura immer selbstverständlicher wohl:

Nachdem ich zwei Tage Sachen von Laura angezogen hatte – meine Tasche hatte ich ja nicht mitgenommen und also nur das bei mir, was ich auf dem Leibe trug – fuhr ich mit dem Bus nach Hause; ich hatte vor, einen kleinen Koffer mit Kleidung, Büchern und Schulsachen zu holen, und zwar ohne ihn jemals wieder zurückzubringen in das Haus meiner Eltern. Von da an ging es immer so: Alle zwei oder drei Tage holte ich einen Koffer voll Sachen. Stück für Stück schleppte ich meine ganzen Habseligkeiten hinüber zu Laura. Die freute sich. Jedes Mal, wenn ich zurückkam, stand sie schon fast an der Wohnungstür, sie wartete richtig auf mich und wollte immer genau wissen, wie es bei meinen Eltern gewesen war. Es war immer gleich: Wenn ich einen von meinen Leutchen sah, war die Begegnung immer betont liebevoll; meine Mutter wirkte ein wenig besorgt und verlassen darüber hinaus, mein Vater hatte eine gewisse unausgesprochene Mahnung im Blick, aber sie beide duldeten meinen stückweisen Auszug. Pa fragte mich einmal, ob Laura nicht eine Einladung zum Kaffee annehmen würde, er hätte sie »wenigstens gerne mal gesehen« ... Wenigstens! Der war doch bloß neugierig. Ich erzählte es aber Laura, sofort als ich bei ihr ankam, und sie sagte, das nächste Mal wollte sie mit.

Das nächste Mal war mein Vater »verhindert«. Ma war aber da, und sie musterte Laura aufmerksam und wurde dann ziemlich schnell richtig freundlich. Wir tranken Kaffee zusammen, und Mama sagte zu Laura: »Bitte, greifen Sie zu.«

Ich konnte förmlich spüren, wie Laura sich bemühen musste, ernst zu bleiben. Sie sagte aber ganz fair: »Nicht so förmlich, das ist doch nicht nötig.«

Und sie rührte den Kuchen nicht an.

Als sie mich beim Adieusagen an die Hand nahm, draußen vor der Haustür, und an sich zog, mich richtig hinauszog, sah Mama weg. Wir stiegen in das grüne Ungetüm, und ich wusste genau, dass Mama jetzt gleich, augenblicklich, in der Kanzlei bei Papa anrufen würde, um alles haarklein zu berichten.

»Ich fände es schön, ich würde vielleicht bei Gelegenheit Charlottes Vater begegnen«, hatte Laura zu Ma ganz liebenswürdig und warm gesagt. Ziemlich eindringlich hatte es aber auch geklungen. Zu Hause, also ich meine jetzt bei Laura, kuschelten wir uns in den Giovanni-Sessel und fanden eigentlich alles ganz prima und Mama gar nicht so schlecht. Na siehste, dachte ich nur.

Die Schule hatte längst begonnen, ich fuhr von Laura

aus hin und hätte genauso gut Kühe melken gehen können – ich bekam rein gar nichts mit von irgendeinem Fach. Immer sah ich Lauras Augen vor mir, oder ich fühlte ihre Hände auf meiner Haut ... In den Schulpausen rief ich sie oft an; das war wie ein Schutzwall gegen den Lärm und manche Blödheit in der Klasse. Mir war unendlich wohl, und alle fragten mich, was denn mit mir los sei, ich sei ja so anders geworden, ganz heiter, und so oft lachen würde ich auch. Dabei fühlte ich mich im Inneren ziemlich still, fast heilig irgendwie. Es klingt bescheuert, aber Laura war und ist mein Geheimnis; sie hilft mir mit Gedanken in Situationen, die mir nicht so behagen, und davon gibt's in der Schule ja bekanntlich einige. Ich glaube an Gott, und ich glaube an die Liebe. Das beides gab mir schon immer eine große Ruhe und Kraft; vielleicht könnt ihr das nachempfinden. Es vereinte sich für mich in meiner Verbindung mit Laura. So ist es bis heute.

Einmal traf ich Jo zu Hause. Er war ganz lieb und gab mir sogar ein Küsschen auf die Stirn.

»Ich bin nicht krank«, brummte ich da, denn mir war es fast zu viel, so viel Geschwisterliebe. Die Geschichte mit Katrin war ja noch gar nicht geklärt, auch wenn sie aufgeklärt, aufgeflogen war. Ich sprach Jo darauf an. Er kratzte sich verlegen am Hinterkopf und sagte, er sei eigentlich auch nur »auf einen Sprung« nach Hause gekommen, um etwas zu holen, und zu der »Sache mit Katrin« bedürfe es eines »längeren Gesprächs«.

»Nein, bedarf es nicht!«, antwortete ich nur. »Es ist mit einem Satz gesagt: Sie wollte sich bei Ma anbiedern und als Informantin einschmeicheln – mit Lügen, aus purer Wichtigtuerei.«

»Neeee«, sagte Jo gedehnt und wischte einen kleinen Dreck mit der Hand von seinen Baseballstiefeln, dann richtete er sich wieder auf, »... nee, nee, so war es nicht. Es war ...«

Ich sah ihn gespannt an.

»... war eine Verwechslung, weißt du, einfach eine Verwechslung!«

»Ach so«, sagte ich nur.

Dann beschloss ich, Jo, den ich ja lieb habe, nicht weiter in Verlegenheit zu bringen; nur aus diesem Grund sprach ich dann nicht weiter von Katrin. Bis zum heutigen Tag erwähnten wir diesen Vorfall nicht mehr, bis heute nicht!

An jenem Nachmittag auf dem Flur zwischen unseren Zimmern hatten wir aber, gerade weil ich nicht mehr von Katrin sprach, ein ganz gutes Gespräch über mich und wie ich jetzt lebte und über Laura und darüber, wie alles gekommen ist.

»Sie soll ganz in Ordnung sein, sagen Ma und Pa.«

»Quatsch, nur Ma hat sie bis jetzt gesehen; Paps redet ihr nach! Aber ›in Ordnung‹, das ist viel zu wenig!«

Und ich lachte Jo an und sah in seinen Augen, dass er sich für mich freute. Wir saßen da auf dem Boden und quatschten und quatschten und merkten gar nicht, wie erst Mama und dann Paps unten zur Tür hereinkamen.

Plötzlich stieg Paps die Treppe hoch; er wollte wohl ins Badezimmer, sich vor der Tagesschau die Hände waschen oder was weiß ich, und er fragte: »Naaa? Kriegsrat?«

Und wir sagten wie aus einem Mund: »Friedensrat!«

Das hatten wir früher oft gesagt, wenn wir so dämlich gefragt wurden. Dann sahen wir aber doch erschreckt auf unsere Uhren und standen auf; mit schrecklich lahmen und schmerzenden Beinen und suchten jeder noch seine Sachen zusammen, ziemlich rasch, und dann verschwanden wir. Einfach so. Es hatte keinen Sinn, Paps durch die Badezimmertüre hindurch noch einen Gruß zuzubrüllen, und Mamas traurige Augen wollten wir beide auch nicht sehen. Also verließen wir einfach wortlos das Haus. Nicht die feine Art, aber vielleicht die richtige, wenn eine neue Zeit beginnt.

Zu Hause erzählte ich Laura von Katrins »Verwechslung«, und sie lachte laut heraus. Dann sagte sie, dass sie es genauso sähe wie ich; Katrin hatte einfach irgendetwas behauptet und nie damit gerechnet, dass sie jemals dafür würde geradestehen müssen. Pech gehabt, Katrin, was?

Hans

Hans sah ich gar nicht mehr. Ins Café ging ich so gut wie nicht, seitdem ich bei Laura war; ich fuhr nach der Schule lieber sofort zu ihr, und mit dem Weiterjobben wollte ich mir erst noch etwas Zeit lassen, die Kassenebbe abwarten. Einen von Hans' Freunden aber traf ich, der mir mit aufgerissenen Augen entgegenkam und dann flüsterte, als wäre er ein Spion, der die richtige Parole loswerden musste: »Sag mal, stimmt das, du bist jetzt mit einer Frau zusammen?«

Ich nickte nur. Dann sagte der Typ noch ganz andächtig und voller Anerkennung, »so einen wie Hans« könne sich eine Frau lange suchen, so einen tollen Kerl, der das alles »so ohne weiteres« toleriere, also Mannomann, das sei schon toll. Ich war entschlossen, mich nicht zu ärgern, also sagte ich nur sehr deutlich, dass Hans und ich wirklich getrennt seien, und dann ließ ich den Heini stehen. Ich spürte, wie er mir nachglotzte, und in seinem Kopf gingen in diesem Augenblick bestimmt alle Bilitis- und Hamilton-Bilder ganz wahllos verzückt durcheinander. Gaffer.

Langsam lebte ich mich bei Laura also ein. Nur ganz selten bekam ich einen kleinen Sekundenanfall von Heimweh oder so etwas Ähnlichem. Dann taten mir all die Spannungen, die da gewesen waren, Leid, und ich wollte meine Mama in diesen Momenten umarmen, wie damals im Schnee am zweiten Weihnachtsfeiertag. In Gedanken tat ich es. Dann wieder, es konnte in der nächsten Minute sein, ärgerte ich mich über die Gesprächslosigkeit bei uns zu

Hause, was wirklich wichtige Dinge anlangt, und über diese Kühle ... Ich bin nun mal ein Sonne- und Mondmensch, immer und ewig hin- und hergerissen zwischen meinen eigenen Gegensätzen, in manchen Momenten zumindest. Im Großen aber weiß ich schon, was ich fühle, was ich beständig fühle. Aber da muss man ja auch erst einmal hinfinden, zu diesem Gesamten, nicht wahr.

Die kleinen, sentimentalen Kinderheimwehmomente lösten sich übrigens immer ziemlich spurlos in mir auf, wenn mein Vater mir im Vorbeigehen die Schulter tätschelte und sagte, ich sollte »nun erst einmal in Ruhe diese Phase durchleben« – gemeint war die Phase Laura. Ich gab nicht einmal eine Antwort.

Meine Mutter ließ auch mal so etwas Ähnliches über Laura und mich los. Sie sagte doch tatsächlich: »Vielleicht findet ihr euch später auf einer geistigen Ebene.«

Auch dazu sagte ich nichts. Eltern haben halt die Hoffnung, dass sich nie etwas weiterentwickelt, dass jedes Kind ein berechenbarer, programmierbarer Erwachsener wird; dann hat man keine Probleme und keine Schande mit ihm. Und gar nicht ab können es Eltern, wenn sich Kinder das Recht auf ihr eigenes Leben nehmen.

Bei Laura fühlte ich mich von Anfang an wohl. Die Wohnung war riesengroß, und ich konnte ohne Schwierigkeiten mein eigenes Zimmer bekommen; zahlen sollte ich nichts dafür. Vorerst jedefalls.

»Schließlich ruiniert es mich nicht«, sagte Laura nur. »Ich habe es ja auch bezahlt, als du noch nicht hier lebtest.«

Ich übernahm ziemlich schnell ein paar Aufgaben, so Haushaltskram. Nicht, weil ich glaubte, dass ich das irgendwie müsste, sondern weil ich es einfach gerne tat, weil ich gerne etwas beitragen wollte zu unserem gemeinsamen Leben und weil bei Laura jede Hausarbeit schwerelos und manchmal sogar lustig war. Eine Perfektionistin ist sie in diesen Dingen nicht; ich bin es schon eher, aber alle Haushaltssachen, die sie hat, sind knallbunt und irgendwie aufmunternd anzusehen. Unser Mülleimer damals war feuerrot, und man musste ihn förmlich mit Blaulicht raustragen, wenn er voll war, also tat ich es einfach.

Gelegentlich traf ich »la affectuosa Lockenmamsell«; Laura hatte sie so getauft. Sie war unsere Trampelfee, wohnte genau über uns und war total neugierig. Eine unmögliche Person. Oft schon hatte sie mich hinter ihrer durchsichtigen Gardine beobachtet, beim Ein- und Ausgehen, und einmal, beim Müll, stand sie direkt neben mir. Sie trug einen beigefarbenen dreckigen Mülleimer und Lockenwickler unter einem Chiffontuch.

Seit dreißig Jahren lebe sie hier, sagte sie ohne Einleitung und nickte dann selbstbestätigend in den Kuttereimer hinein. Und so manches habe sie schon gesehen, jaja. Jetzt war der Kuttereimer wieder zu und aus ihrem mit Avonware verschmierten Gesicht konnte ich ein mitfühlendes Lächeln kriechen sehen: »Wissen Sie, mich geht es ja nix an, aber ... die Frau Eving, jaja ...«

»Was: ›Die Frau Eving‹? Hm? Was meinen Sie denn damit?«

»Mein Mann war Bühnenmeister am Staatstheater in Wuppertal; mir müssen Sie nichts erzählen, ich weiß das alles.«

Und la Lockenmamsell nickte bedächtig.

»Ihr Mann ist sicher gestorben, nicht wahr?«, fragte ich und hätte beinahe noch hinzugefügt, dass mir schon klar sei, woran.

»Jaja. Also, mich geht es nix an; die Frau Eving zahlt immer pünktlich ihre Miete, habe ich gehört, aber ... wissen Sie, es ist schon etwas Unnatürliches ... ich meine, wenn man Sie beide ...«

Jetzt hatte sie sich verquatscht. Das Wort »unnatürlich«, merkte ich, hatte sie eigentlich um nichts in der Welt sagen wollen. Eilig scharrte la Lockenmamsell ihr Eimerchen zusammen und dann sagte sie mit einem unglaublich milden und gleichzeitig brutalen Lächeln: »Und wenn es doch wenigstens etwas Ernstes gewesen wäre, mit all den Mädchen, die schon da waren. Oh, ich hab so manches junge Blut hier reingehen sehen, mich geht es ja nichts an,

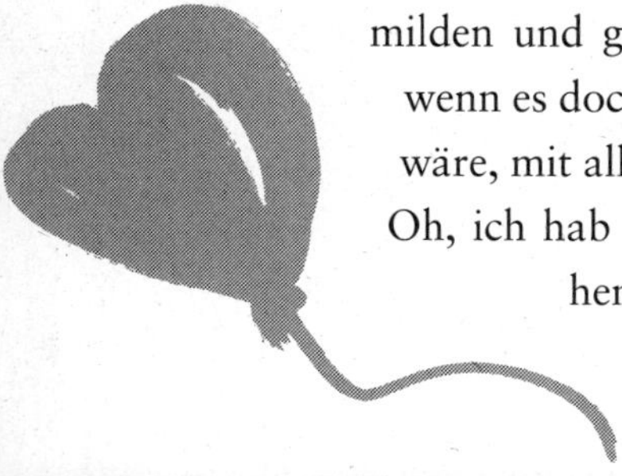

aber Sie, junges Fräulein, Sie sind doch bestimmt aus gutem Haus ...«

»Ja, und Frau Eving, die leider, leider pünktlich ihre Miete zahlt, die ist auch aus gutem Haus, genau wie ich; da haben Sie schon Recht. Aber jetzt sind wir eben hier gelandet, wo nachspioniert und getratscht wird.«

Ich sagte es ganz lakonisch, und dann drehte ich mich auf dem Absatz um und ging ins Haus zurück. Laura hatte mir ja schon einiges von la affectuosa Lockenmamsell erzählt, aber das hier überstieg meine Erwartungen an dieses Hausoriginal dann doch. Ich knallte den leeren Feuerwehreimer in die Küche und marschierte zu Laura, um ihr den Vorfall zu erzählen. Sie verzog keine Miene, nur einmal zuckten ihre Mundwinkel amüsiert. Dann aber sagte sie: »So, Charlotte, das ist jetzt das Ende eines langen Weges. Solche Geschichten höre ich hier mehr oder weniger deutlich, seitdem ich da bin. Ich selbst kümmere mich gar nicht um das Intimleben von dieser Lockenwicklerwitwe. Sie steckt mit noch einer zusammen, in ihrer Tratscherei, ständig, die andere wohnt ganz oben. Jetzt stell dir einmal vor, wir wären einander nicht so nah und ich hätte dir nicht so manches angedeutet, was vor dir war und auch hier war, stell es dir vor! Du wärst aus allen Wolken gefallen gerade eben, da unten am Müll! Oder denk dir, du wärst einfach nur Besuch hier und du hättest auf diese Weise überhaupt erst erfahren, dass ich Frauen liebe ... Wahrscheinlich aber weiß die Alte sogar genau, was zwischen uns los ist, sicher hängt sie nur noch hinter den Gardinen, wenn wir kommen oder gehen. Vielleicht hört sie uns auch. Und eines Tages erfindet sie noch irgendwas dazu, damit sie uns beim Vermieter anschwärzen kann ... Nein, es ist so, wie ich es sagte: Dies ist das Ende eines langen Weges. Wir, wir ziehen aus. Ab heute Abend denken wir über Lösungen nach. Etwas Eigenes, das wäre schön, da sind diese Schmeißfliegen nicht. Stell dir vor, früher, da hat einen unsere Art zu lieben ins KZ gebracht; da wären solche Mamsells ohne Bedenken gleich erstklassige Informanten gewesen. Also, verglichen mit dieser Zeit haben wir lediglich Lappalien, kleine Sticheleien auszustehen, aber auch die will man eben ab einem bestimmten Punkt nicht mehr. Wir gehen woanders hin. Liebe braucht keine Verteidigung. Wir reagieren nicht, wir agieren!«

Und mit funkelnden Augen sah Laura mich an.

Ja, und den Rest der Geschichte, der eigentlich ihr Anfang ist, den kennt ihr beinahe schon vollständig: Laura blieb bei ihrer Entscheidung, aus der schönen Altbauwohnung wegzugehen. Sie muss schon sehr lange Zeit unter der Lockenmamsell gelitten haben, das wurde mir erst viel später so richtig bewusst. Bereits im Februar machten wir uns auf die Suche nach einem neuen, gemeinsamen Domizil. Irgendwie war es gar keine Frage mehr für mich, dass ich mit Laura zusammenleben wollte. Als wir schon ein paar Wochen in Zeitungen und auch über Vermittlungsbüros gesucht hatten und sich die Gelegenheit so einigermaßen günstig ergab, meldeten Laura und ich uns zusammen bei meinen Eltern zum Abendessen an. Sie sollten wissen, dass wir zusammenziehen wollten.

Mama meinte, es sei noch ungewiss, ob das ginge, dass

wir kämen, dann aber – sie hatte mit Paps gesprochen, na klar – rief sie zurück und sagte richtig erleichtert und fast liebevoll: »Ja, es ist uns recht. Kommt bitte um acht!«

Laura freute sich, als ich es ihr erzählte. Ihre Prognose war gewesen, dass meine Eltern eine Begegnung von uns allen noch eine längere Zeit hinausschieben würden. Ein wenig blödelte sie zwar, sie müsste sich noch einen »Frack schneidern lassen« und lauter so Kram, dann aber setzte sie sich doch mit mir – in ganz normaler Kleidung – in unser Ungetüm; unterwegs hielten wir noch kurz an und kauften eine Rose für meine Mutter; Laura wollte es so. Ma würde bestimmt rot werden, dachte ich, aber ich sagte es natürlich nicht. Ich wollte Laura keinerlei »Warnungen« oder »Richtlinien« geben, sie würde es alles am besten selber wissen.

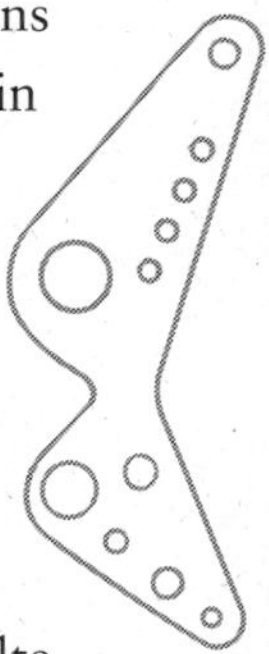

»Ich hoffe, Paps macht keine rechtswissenschaftliche Lehrstunde ...« – das sagte ich allerdings noch im Auto, und ein tiefer Seufzer kam mir aus der Brust.

Laura zuckte mit den Schultern. Dann schaltete sie unsere Kassette ein.

Es wurde kein richtig schlimmer Abend. So ganz wohl fühlte ich mich zwar nicht, aber es hätte wirklich unangenehmer sein können. Paps kam Laura im Hausflur entgegen, wie er es in der Kanzlei auf dem Gang seinen Mandanten gegenüber zu tun pflegt: mit seinem seriösesten Gesicht und einem gewissen, beflissenen Ernst, jeder Zoll die Vertrauenswürdigkeit in Person.

»Wie es sich für den Hausherren gehört: Willkommen und guten Abend«, sagte er mit gepflegter und etwas zu lauter Stimme. Paps gab an; es amüsierte mich; er gab ja richtig an auf einmal!

Ich wäre beinahe gestorben. Laura sagte daraufhin nur: »Laura Eving«, und sie gab Paps die Hand und sah ihm voll ins Gesicht. Ich hätte sie küssen können in diesem Moment, so wach und so freundlich sah sie aus; in ihren Augen funkelte Humor, aber sie hielt sich zurück. Paps wurde unsicher, selbstverständlich zeigte er es nicht; er nahm uns – uns! – Mantel und Jacke ab und hüstelte. Lauras Ledermantel knarrte, als Paps ihn an die Garderobe hängte. Da sagte er doch tatsächlich: »Hoffentlich ist er bezahlt! Man sagt doch, unbezahlte Leder knarren!«

Es hätte ein Witz sein sollen. Mama legte andeutungsweise den Arm um mich, und Laura antwortete: »Dann würden ja auch alle ungeliebten Frauen zuverlässig weinen bei jedem Anlass, wenn das so einfach wäre, Herr Dr. Schaeffler.«

Paps räusperte sich, es war unklar, ob er hinter Lauras unbekümmert liebenswürdigem Ton verstanden hatte, was sie sagen wollte. Irgendwie jedenfalls hatte er ab diesem Moment einen gewissen Respekt vor ihr. Ich weiß, es klingt lächerlich, aber genau so war es. Vielleicht hat er in diesem Augenblick ganz einfach begriffen, dass er Laura nicht einschüchtern konnte. Sie sagte sogar noch: »Nichts ist bei mir bezahlt. Hat es Ihnen nicht Katrin auch schon hinterbracht? Ihre Tochter hungert bei mir. Es fehlt nicht viel, und sie klaut beim Schulbäcker Brötchen.«

Paps lächelte!

Mama nutzte die Situation für einen wirklich sehr plumpen Übergang: »Na, dann kommt herein, ich habe für euch Lasagne gemacht.«

Beim Essen wurde Paps richtig redselig, fast neugierig sogar. Er fragte Laura dies und das, fragte nach ihrer Arbeit, auch einmal nach ihrer Ausbildung, was ich etwas merkwürdig, dann aber wieder typisch für ihn fand, aber na ja ... Jedenfalls gaben sich alle Mühe, miteinander klarzukommen, und das half eigentlich jedem.

Dann erzählte Laura von unseren Plänen, gemeinsam in ein neues, in unser beider neues Zuhause zu ziehen. Sie erzählte zwar nichts von la affectuosa Lockenmamsell. Sie war wohl zu klug, um einem Anwalt gegenüber in so eine für ihn wohl »kindische Beschwerde« zu verfallen, aber sie erwähnte doch, dass wir mit der Neugier und der »Beobachtungsgabe« unserer Umgebung ein wenig zu kämpfen hätten, worauf Paps doch tatsächlich sagte: »Verstehe. Sie müssen sich aber über die Rechtslage im Klaren sein: Solltet ihr irgendwelchen Repressalien ausgesetzt sein, dann könntet ihr dem Betreffenden eine Klage anhängig machen.«

Laura nickte und sagte leichthin, dass ihr das zu blöd sei, lieber richte sie sich mit mir gemeinsam an einem stilleren Platz ein. Papa schüttelte zweifelnd den Kopf. Und dann hielt er einen längeren Vortrag über Makler. Zum Glück sagte Laura nicht, dass sie ein kleines Domizil für uns zu kaufen gedachte, ich glaube, dann hätte Paps vergessen, dass er hier privat mit seiner Tochter und seiner Frau und einem Gast saß ... Mama lobte ihre Lasagne, und dann sprachen wir über Italien; meine Eltern wollten im Sommer nämlich nach Italien. Nach Italien! Seit Jahren schleppen meine alten Herrschaften kartonweise Paps' Schädeltrophäen in unser ödes Ferienhaus im öden Allgäu und plötzlich: Italien!

Mama fragte schnell: »Möchtest du denn da nicht mit? Wir könnten im Meer schwimmen ... und uns mal wieder so richtig unterhalten.«

Ich stieß unter dem Tisch Laura mit meinem Knie an den Oberschenkel. Sie erwiderte mit einem sanften Druck. Paps sagte nichts, und ich spürte, dass ich jetzt reagieren sollte. Und Laura, von Laura war gar keine Rede. Sie sollte dann sehen, wo sie ihre Ferien macht, oder was? Paps erwähnte beiläufig, dass ich noch immer seine und Mamas Tochter sei, schließlich.

»Mir ist das Meer zu kalt. Ihr fahrt ja wieder ganz früh; nein, mir ist das auf jeden Fall zu kalt.«

»Also, das Meer ist doch nicht kalt!«, sagte Mama, und Paps schaufelte sich Lasagne nach, als könne er gar nicht genug bekommen von Italien.

»Das allerdings stimmt«, sagte da plötzlich Laura, und sie hatte einen ganz sonderbaren, schönen, einen alles umfassenden und alles mit Liebe und Freiheit umgebenden Klang in ihrer Stimme; es war mir klar, dass sie etwas anderes meinte, eigentlich: »Das Meer ist viel wärmer, als du denkst.«

Paps sah erstaunt auf; Mama sagte nichts mehr. Ich aß

einen Bissen von dem wirklich köstlichen Gericht. Und dann sagte ich: »Wenn Laura und ich unseren eigenen Ort gefunden haben, wird es über die Sommermonate so viel zu tun geben, und das alles wird auch so teuer sein für uns, dass an eine Reise gar nicht zu denken ist, und ganz bestimmt haben wir da auch gar keine Lust drauf.«

Damit war es besprochen, auch wenn meine Leutchen nicht gerade riesig erfreut waren über dieses Ergebnis.

Nach dem Essen setzten wir uns im Wohnzimmer zusammen, und nachdem die ersten Minuten dort auf einmal ziemlich krampfig waren, weil Laura und ich erst mit Paps alleine dort saßen, waren wir alle ziemlich froh, als Mama nach kurzer Zeit aus der Küche hinzukam. Wir »plauderten«, und mir wurde langweilig. Auf einmal war ich sehr müde und wollte mit Laura alleine sein – jetzt hatte man uns hier genug beschaut und gefragt und unsere Verbindung »einschätzen« können. Ich wollte gehen. Ich gab Laura ein kleines Zeichen, nur mit den Augen und einer leichten Kopfbewegung dazu; sie sah mich mit ganz warmen Augen an, so warm wie mich noch nie ein Mensch in diesem Haus angesehen hatte, nicht einmal Jo, der auch an diesem wie an jedem anderen Abend irgendwo draußen herumschwirrte. Dann aber schüttelte sie kaum merklich den Kopf, und ich wusste, dass sie hier noch etwas vorhatte, etwas klären wollte.

»Herr Dr. Schaeffler«, sagte sie kurze Zeit später. »Ich habe ein paar Fragen an Sie als Jurist. Hätten Sie Lust, dass wir ein bisschen darüber reden?«

Nein! Ich stöhnte auf und rutschte tiefer in meinen Sessel. Jetzt würde es eine Million Jahre dauern, bis wir als Mumien dieses Haus verlassen konnten. So lange würde

Paps reden, ununterbrochen! Hatte Laura einen Sprung in der Tasse? Paps bedeutete mit einem knappen Satz, dass das Tonbandgerät seines Hirnes ab sofort eingeschaltet sei und der ganze Paragraphencomputer in seinem Kopf dazu. Ich griff entsetzt nach links, zu Lauras Hand, und Laura drückte meine Finger kurz mit einer entschiedenen Bewegung – Mama sah es, und ihr schien es nicht geheuer, obwohl sie an diesem Abend ziemlich gelöst wirkte und auch bei der Rose nicht rot geworden war – und dann sagte Laura, dass sie sich schon einmal gefragt hätte, ob ich, sollte ihr etwas zustoßen, überhaupt das Recht hätte, sie auf der Intensivstation oder wo auch immer zu besuchen, ob mir, als der »Lebensgefährtin« – sie sagte es wirklich so, und ich richtete mich in meinem Sessel wieder auf (es war das erste Mal, dass dieses Wort fiel) –, ob mir als der Lebensgefährtin also überhaupt eine Auskunft erteilt werden würde, oder wie das alles sei. Erst kam mir der Gedanke irrsinnig vor, aber dann überlegte ich plötzlich: Was wäre wenn? Und dann begriff ich, dass dies eine Frage war, die irgendwann einmal wirklich besprochen werden musste.

»... der Freundin meines Kollegen gab man Auskunft, obwohl die beiden nicht verheiratet sind, aber ich bezweifle, dass das bei einem Frauenpaar auch so ist. Verstehen Sie, ich möchte einfach etwas hinterlegen oder etwas tun, damit Charlotte in so einem Fall behandelt wird, wie es der Wahrheit unseres Lebens entspricht.«

Paps nickte. Seine Augen waren ganz offen, er hatte gar nicht das Anwaltsgesicht, das ich aber hundertpro in diesem Augenblick von ihm erwartet hatte. Irgendetwas in seinem Inneren war berührt, und er sah Laura freundlich an, von innen heraus freundlich; kein Gramm Show war dabei.

»Sie könnten«, sagte er in ganz unanwaltlichem Ton, »in Ihren Personalausweis eine kleine Karte legen, auf der der Name und der Geburtstag meiner Tochter stehen, auch wie man Sie am besten in einem Notfall erreichen kann – und dann müssten Sie unmissverständlich schreiben, dass es sich um Ihre Lebensgefährtin handelt und dass Sie die Ärzte gegenüber Charlotte von jeder Schweigepflicht entbinden. So etwas wird gelesen und akzeptiert; es muss nur Ihre Unterschrift tragen und kurz und deutlich formuliert sein. Das ist das Sicherste; in den Ausweis schaut jeder in einem Notfall. Tragen Sie ihn eben immer bei sich. Zur Sicherheit könnten Sie auch noch Charlotte solch einen handschriftlichen Schrieb geben. Es entspricht natürlich der Realität, dass es in Ihrem, in eurem Falle immer Schwierigkeiten gibt. Die nicht eheliche Gemeinschaft heterosexueller Paare ist weitgehend anerkannt, wird oft, gerade im Notfall, der ehelichen gleichgestellt. Bei homosexuellen Paaren ist das nicht automatisch der Fall. Genauso wäre auch, sofern ich das einmal andeuten darf, die Erstellung eines Testaments zu erwägen; das aber gilt für alle nicht ehelichen Paare: Wenn nicht eigens verfügt ist, erbt der Partner keinen Heller, keinen Teller, wie wir in der Kanzlei immer sagen! Man kann das aber durch ein Testament ändern. Sie müssten dazu ...«

Laura, die bei der Beantwortung ihrer Frage sehr aufmerksam zugehört hatte, war jetzt aber offensichtlich durchaus nicht willens, an Ort und Stelle ihr Testament zu machen; also ließ sie ihre anderen Fragen – es seien »einige«, hatte sie doch vorhin gesagt – einfach unter den Tisch fallen und unterbrach Paps rasch: »Sie haben mir schon viel beantwortet, alles andere hat ja noch Zeit.«

Paps wiegte seinen Kopf zweifelnd hin und her; er ist die Sorte Mensch, die immer auf alles gefasst ist.

»Ich kann ja, wenn ich irgendwann unsicher bin, wie etwas richtig ist, zu Ihnen in die Kanzlei kommen, mir dort einen Termin geben lassen, ja?«

Paps nickte hochzufrieden; er sah aus, als würde er Laura ganz gerne einmal zeigen, was für ein ungeheurer »juristischer Kopf«, wie er das immer nennt, er ist.

Plötzlich fragte ich ganz einfach, warum Frauen eigentlich nicht heiraten dürften. Ich wollte, dass Paps auch durch meine Frage noch einmal »glänzen« konnte.

»Das ist ein größerer kulturgeschichtlicher Zusammenhang«, sagte er.

»Das weiß niemand«, sagte Laura fast gleichzeitig.

Dann sprachen wir plötzlich nicht mehr über all diese Fragen; im Stillen aber nahm ich mir vor, mit Paps später noch einmal darüber zu reden, irgendwann ...

Später fragte Laura Mama nach den Dingen, die sie so täte, in ihrer Freizeit und so, und was ihr Freude machte und welches Gefühl sie nun hätte, wenn ihre Tochter mit einer Frau zusammen sei. Paps wurde es unangenehm, er scharrte mit den Füßen, und die Stimmung wirkte wieder etwas gequält. Mama antwortete auf die letzte Frage nicht. Sie erzählte nur ziemlich knapp eigentlich über den Tennisklub und über ein Buch, das sie gerade lese. Mir schien, als ginge ein hauchdünner Faden zwischen Ma und Laura hin und her, ganz silbrig und ganz zart.

Langweilig war es trotzdem, und irgendwann stand ich auf und ging nach oben, um meine Tasche zu packen.

»Alles, was sie einpackt, sehen wir hier nie wieder«, hörte ich Paps noch hinter mir her sagen.

Eine Stunde später fuhren Laura und ich im Ungetüm davon. Mit wieder neuen Sachen aus meinem Zimmer, die meine Eltern in ihrem Haus nie wieder sehen würden. Ich hatte mich aber lieb von ihnen verabschiedet und Paps sogar ein Küsschen gegeben. Ein bissel verkorkst ist der halt durch all die Grenzen und Verbote, mit denen er sich unentwegt beschäftigen muss, aber ... er könnte übler sein, ehrlich. Mama fand ich richtig gut an diesem Abend, wenn ich es jetzt so überlege. Sie hätte nur mutiger sein müssen.

Na ja, und dann suchten wir weiter nach unserem Haus. Es wurde April, und wir hatten noch immer nichts – und die Lockenmamsell legte uns eines Tages einen Zeitungsausschnitt aus so einem Königsblättchen vor die Tür, der als Überschrift die beziehungsreiche Frage »Frauenliebe – das verirrte Gefühl?« hatte.

»Das Fragezeichen weist Sie als Intellektuelle aus!«, schrieb Laura mit einem dicken Filzstift auf den Schundartikel, in dem eine Frisöse bekannte, dass sie, obwohl verheiratet, »wie unter Zwang« immer Verena, eine arbeitslose Tischlerin (sie war abgebildet, picklig, mit einem schwarzen Balken über den Augen) besuchen müsse, um sich von ihr mit einem Gummipenis befriedigen zu lassen. Ich konnte nur noch lachen, trotzdem wurde mir schlecht, als ich den Artikel überflog. Dann war aber auch schon Laura mit dem Filzstift zur Stelle und sagte, ehe sie nach oben ging, um den Artikel der Lockenmamsell vor die Türe zu legen: »Aber mutig ist die schon. Da gibt's sicher noch eine ganze Menge verhuschterer Gestalten, die tuscheln und hintenrum aggressiv sind. In gewisser Weise hat die alte Schnepfe da oben Charakter.«

Ich hätte beinahe noch unter Lauras Worte »Wir suchen sowieso ein eigenes Haus« geschrieben, aber ich ließ es. Vertrauen dieser Art hätte die Lockenwicklerschraube nur aufgewertet.

Als Laura wieder hinunterkam, fiel mir ein, dass wir ja eigentlich gar nicht beweisen konnten, dass der Artikel von der Lockenmamsell vor unsere Türe gelegt worden war. Wir waren beide nur automatisch davon ausgegangen.

»Dann ist es auch so«, sagte Laura ungerührt. »Von wem soll er denn sonst sein, hier im Haus. Die rührt sich schon, gleich morgen, wenn sie's nicht gewesen ist. Aber sie war es, für mich steht das fest.«

Die Lockenmamsell rührte sich nicht. Sie grüßte mich nur sehr freundlich, als sie mich das nächste Mal sah. Ein bisschen betreten wirkte sie. Und auf einmal tat sie mir Leid.

Am 15. April fanden wir unser Haus. Genau gesagt Peter, ein Kunstmaler, der, um Geld zu verdienen, so etwas Ähnliches wie Laura macht und mit dem wir schon einige Male zusammengesessen waren, rief uns an und sagte:

»Ich hab euer Haus gefunden. Es war Zufall, beim Spazierengehen. Es liegt außerhalb und ist eine ziemliche Bruchbude. Aber wahnsinnig schön. Etwa achtzig oder hundert Jahre alt. Es ist ein Schild daran mit einer Telefonnummer, da kann man anrufen, wenn man sich für den Kauf interessiert. Geht schnell hin!«

Ich rief sofort nach Laura und notierte die Nummer schon mal. Laura sprach noch kurz mit Peter und fragte ihn, wo es genau sei, und dann schnappten wir gerade noch unsere Jacken und brausten hin. Irgendwie spürten wir beide, schon bei Peters Anruf: Das ist es! Wir parkten an dem Wiesenrand, den Peter uns beschrieben hatte, und gingen noch ein kleines Stück zu Fuß, einen kleinen Weg entlang, an Schrebergärten und einem großen Grundstück mit Apfelbäumen vorbei. Dann, hinter Büschen und unter Bäumen, sahen wir es. Die Nachmittagssonne schien darauf; es war klein und verwunschen wie aus einem Märchen. Das Dach war dunkel, die Mauern grau-weiß. Es war in keinem guten Zustand, aber das war uns egal. Wir standen lange und spürten beide, absolut sicher in diesem Moment, dass wir hier einziehen würden. Und dass wir arbeiten müssten wie blöd. Und dass der Weg, auf dem wir jetzt standen, in wenigen Monaten befahrbar sein würde. Gegenüber würde auch jemand wohnen. Da standen wir, und Laura fasste nach meiner Hand. Wir sahen uns nicht an, wir sahen nur auf das Haus.

»Ich glaube, wir haben großes Glück gehabt, alles in allem«, sagte Laura leise.

»Quatsch!«, rief ich, und mein Kopf fuhr mit einer heftigen Bewegung herum zu ihr, für eine winzige Sekunde lang hatte ich vor meinen Augen den schwarzen, geheimnisvollen Kosmos über uns gesehen, meinen Nachthimmel, zu dem ich immer aufsah und dem ich manches anvertraut hatte.

»Quatsch! Sternschnuppen fallen einem ins wünschende Herz – so ist das doch!«

Hier endet die Geschichte nicht.
Hier beginnt sie.

M. P.

Lies
mich!
RTB
Leseprobe

Gerhard Eikenbusch

Und jeden Tag ein Stück weniger von mir

Frauke sitzt am offenen Fenster, schaut hinaus auf die Stadt, hört Autos vorbeisurren. Es ist alles so laut, so aufgeregt. Sie nimmt einen Zettel, notiert, was sie an Hausaufgaben zu erledigen hatte, prüft, ob sie alles erledigt hat, holt das Biologiebuch hervor, liest das letzte Kapitel noch einmal, prägt sich Merksätze ein. Sie legt sich auf ihr Bett, versucht zu schlafen. Ihr Herz schlägt heftig, die Geräusche, die von draußen hereindringen, werden laut, als würden sie verstärkt. Sie will müde werden, springt auf, macht Kniebeugen, Liegestütze, Rumpfbeugen, legt sich wieder ins Bett. Nicht träumen. Nur tief schlafen können, am nächsten Morgen erholt aufwachen. Die Gespräche vom Abend aus der Erinnerung fortwischen.

Noch einmal zehn Liegestütze. Pause. Dann noch einmal fünf. Ihr Atem geht stoßweise, sie keucht, Spucke tropft auf den Boden.

Dann geht sie noch einmal zur Kontrolle zur Toilette, versucht zu erbrechen. Nichts außer einem bisschen dunkelgrünem Schleim kommt aus ihr heraus.

Gut so.

Ich bin stark.

Ich kann mich selbst zerreißen.

Denen werde ich zeigen, was ich kann.

Sie stellt sich vor den Spiegel, betrachtet sich aufmerksam.
Schmales Gesicht.
Auffällig vorspringende Backenknochen.
Flacher Bauch.
Kleiner Busen.
Rippen, die sich abzeichnen.
Trockene Lederhaut mit hellen feinen Härchen.
Pickel.
Einssiebzig lang, sechsunddreißig Kilo schwer.

Ich. Frauke. Ich - nicht.

Zwei Kilo weniger, dann wäre ich hundertprozentig.

Noch zwei Kilo.

Die werden sehen, wie stark ich bin.

»Schläfst du noch nicht?« Ihr Vater überrascht sie, geht langsam auf sie zu.
»Frauke«, sagt er lallend, »tu Mutti das nicht an. Die kann nicht mehr.«
»In Ordnung, Vati«, versucht Frauke ihren Vater abzuwimmeln.
»Bekommst du nicht alles von mir, Fraukeschatz?« Er leckt seine Lippen ab, wischt mit dem Handrücken darüber, fasst Fraukes Schultern, stellt sich auf die Zehenspitzen.
»Bekommst du nicht alles von uns, Frauke?«

»Es ist alles in Ordnung«, antwortet sie sachlich, »ich weiß gar nicht, was du immer willst.«
Ihr Vater nimmt sich zusammen, steckt die Hände in die Hosentaschen. »Dann eben nicht!«, sagt er laut. »Ich laufe niemandem nach. Ich nicht! Habe ich gar nicht nötig.«
Er steht mitten im Zimmer, ringt nach Luft, schlägt sich vor die Stirn, immer heftiger, dass es laut klatscht. Er hält die Hand vor die Augen, als schäme er sich, stampft fest auf, streckt die Hand nach Frauke aus. Sie zittert leicht, ist feucht vor Angst und Enttäuschung.
»Mach doch was«, bittet ihr Vater, presst die Lippen aufeinander, »hilf uns doch«, stammelt er.
»Morgen früh geht's dir besser. Du hast zu viel getrunken.«
Frauke zieht ihn aus ihrem Zimmer, bringt ihn zur Treppe.
»Gute Nacht, Fraukeschatz.«
»Gute Nacht.« Frauke sagt nicht ›Vati‹. Das ist nicht ihr Vati, der in der Firma die Abteilung sicher und umsichtig leitet, der zu Hause für Zufriedenheit und Freude sorgt.
Herr Wanter geht unsicher die Treppenstufen hinunter, hält sich krampfhaft am Geländer fest, schwankt, dreht sich langsam um. »Nacht, Frauke.«
»Nacht, Vati«, antwortet Frauke und rennt in ihr Zimmer.
Sie ist erschöpft, müde und niedergeschlagen, kann nicht einschlafen.